OTHELLO

TRAGÉDIE EN CINQ ACTES

DE

WILLIAM SHAKSPEARE

TRADUITE EN VERS ITALIENS

PAR

GIULIO CARCANO

Prix — 1 Franc 50 Cent.

PARIS

MICHEL LÉVY FRÈRES, LIBRAIRES ÉDITEURS
RUE VIVIENNE, 2 BIS, ET BOULEVARD DES ITALIENS, 15
A LA LIBRAIRIE NOUVELLE

OTHELLO

TRAGÉDIE EN CINQ ACTES

DE

W. SHAKSPEARE

TRADUCTION ITALIENNE DE

GIULIO CARCANO

REPRÉSENTÉE, A PARIS, SUR LE THÉATRE IMPÉRIAL ITALIEN, PAR LA COMPAGNIE DRAMATIQUE ITALIENNE, SOUS LA DIRECTION DE M. E. ROSSI

LE 29 MAI 1866

PARIS

MICHEL LÉVY FRÈRES, LIBRAIRES ÉDITEURS

RUE VIVIENNE, 2 BIS, ET BOULEVARD DES ITALIENS 15

A LA LIBRAIRIE NOUVELLE

—

1866

IAG. Non v'è rimedio; del servigio è legge
Di portante avanzar, sol per favori.

ROD. In tal caso seguirlo io non vorrei.

IAG. Statevi cheto; per servir me stesso
A sue spese, lo seguo : affè, non ponno
Tutti far da padroni, nè fidele
Servi contar tutti i padroni. Molti
Schiavi vedrai striscianti in sui ginocchi,
Idoleggianti il lor servaggio, come
Somier per la profonda; e' vien cacciato.
Fatto ch'è vecchio. A tali onesti schiavi
La sferza! Altri, sommessi alla sembianza,
Sè stessi fanno de' lor cuori centro :
Sol per loro hanno il frutto ed han l'omaggio,
Appena soppannata abbian la veste :
Un po' d'anima han questi; e sono anch'io
Del numer' uno. Or ben, Rodrigo, al Moro
Servendo, io servo me : non per amore,
Nè per dovere (il ciel lo sa) ma sotto
A tai sembianze, e per mio proprio fine.
Quando, in me, l'atto esterno il cor disveli,
Non andrà molto che il mio core istesso
Sul palmo io rechi, onde vi dian di becco
Le cornacchie. Io non son quello che sono.

ROD. È gran fortuna inver di questo Moro
Dal grossi labbri, che cotanto ottenga!

IAG. Chiama il padre di lei; destalo, manda
Del Moro in traccia; ogni sua gioja attosca,
Grida il suo nome per le vie; rinfiamma
Della figlia i congiunti ; e s' egli alberga
In un ciel di delizie, tu il martira
Con si fiera molestia che scolori
Ogni sua gioja.

ROD.   Quella, è di suo padre
La casa , l' chiamo ad alta voce.

IAG.   Metti
Pavidi accenti, urli funesti, come
Se in alta notte, per neglette cure,
In città popolosa il foco avvampi.

ROD. Olà, Brabanzio, olà! messer Brabanzio !
Olà, Brabanzio! A' ladri! A casa vostra
Badate, a vostra figlia, a'vostri scrigni !

     Brabanzio dal verone.

BRA. Che fu? qual gridi?

ROD.   La famiglia vostra
È tutta in casa?

IAG.   Ogni porta è sprangata?

BRA. Come? a che tal dimanda?

IAG.   Oh! derubato
Foste, o signor! spezzato è il vostro cuore,
Perduta la metà dell' alma vostra.
Il nero lupo or tien la bianca agnella...

BRA. Smarriste il senno?... Chi siete?...

ROD.   Rodrigo.

IAG. Il n'y a pas de remède; nous voyons que c'est une loi d'avancer rapidement, seulement par faveur.

ROD. Alors je ne voudrais pas le suivre.

IAG. Ne doutez pas : je le suis à ses frais pour servir moi-même : car, en vérité, tous ne peuvent agir en maître, ni tous les maîtres avoir des serviteurs fidèles. Tu verras plusieurs esclaves se traîner sur leurs genoux, idolâtrant leur esclavage comme les ânes, qui sont ensuite chassés lorsqu'ils deviennent vieux. A de tels honnêtes esclaves est réservé le fouet. D'autres, soumis en apparence, cachent leurs sentiments dans la profondeur de leur âme, et, à peine l'occasion s'en présente, ils ont du cœur, ceux-ci, et moi je suis de ce nombre. Moi, donc, Rodrigue, en servant le More, je sers moi-même , non par amour, ni par devoir (le ciel en est témoin), mais pour mes vues particulières, sous de telles apparences. Il ne se passera beaucoup de temps que je pourrai porter mon cœur nu sur ma main pour l'offrir en proie aux yeux des méchants et des sots. Non, je ne suis point ce que je parais être.

ROD. Quel suprême bonheur, pour ce More aux lèvres épaisses, s'il réussit à l'enlever de la maison paternelle.

IAG. Éveille son père, envoie-le à la recherche du More. Empoisonne sa joie; fais retentir les rues de son nom, enflamme les parents de la jeune fille; et, s'il est dans un ciel de délices, tourmente-le avec de si cruels ennuis, que toute sa joie en soit flétrie.

ROD. Celle-là est la maison de son père; j'appelle à haute voix.

IAG. Appelle avec des cris d'effroi, des accents de terreur, comme dans un incendie que la négligence et la nuit ont répandu au sein d'une ville peuplée.

ROD. Holà! Brabantio, holà! seigneur Brabantio.

BRA., *sur la terrasse.* Qu'y a-t-il? Quelles clameurs?

ROD. Seigneur, tout votre monde est-il chez vous ?

IAG. Vos portes sont-elles bien fermées?

BRA. Comment! pourquoi ces questions?

IAG. Seigneur, vous êtes volé; votre cœur est brisé, vous avez perdu la moitié de votre âme. Le loup noir tient l'agneau candide.

BRA. Avez-vous égaré la raison?... Qui êtes-vous?...

ROD. Rodrigo.

BRA. Mala sorte ti manda : io pur tel dissi
Di non vagar d' intorno alle mie porte :
Hai da me udito, in modo onesto e schietto,
Che la figliuola mia per te non era :
Ed ora, in frenesia, di cibo il ventre
Pieno pinzo, e di vin, con questa mala
Ribalderia vieni a turbarmi il sonno.

ROD. Pace, signor !

BRA.　　　　　Che parli tu di ladri ?
Venezia è questa.

IAG.　　　　　A voi rechiam servigio,
E folli ne credete. Or bene, a questo
Barbero corridor date la figlia,
E tal genero abbiate.

BRA.　　　　　E tu, ribaldo ?...

IAG. Qui venni a dirvi che la figlia vostra
Al Moro è in braccio.

BRA.　　　　　Un infame tu sei.

IAG. E voi... un senator.

ROD.　　　　　Messer, di tutto
Ch' el disse, io pure vi rispondo. Fate
Di chiarirvi ben tosto : e ov'ella sia
Nelle sue stanze, o in casa, scatenate
Contro a me la giustizia, perch' io v' abbia
Ingannato.

BRA.　　　　　Una face ! Olà, si chiami
La gente mia ! M'opprime il dubbio solo.
Lumi, olà ! lumi !

Parte dalla finestra.

IAG. (A Rodrigo.) Addio. Devo lasciarvi.
Al grado mio non giova esser chiamato,
Qual sarei, se rimango, in testimone
Contro il Moro. Bench' egli averne debba
Forse travaglio alcun, so che il senato,
Per la guerra che a Cipro ancor divampa,
Non può di lui con sicurtà spacciarsi ;
Nè trovar chi'l pareggi in tanta impresa :
Che se, al par delle pene dell' inferno,
Io l'odio, pur di mia presente vita
Necessità mi traggea far d' affetto
Mostra ver lui ; ma, nulla più che mostra.
Se il volete trovar, le deste traccie
Avviate all'ottel del *Sagitario* :
Con lui sarovvi io pure. Addio.　　　Parte.

SCENA II

BRABANZIO e SERVI, con torcie ; RODRIGO.

ROD. Così mi lascia ?

BRA.　　　　　Ahi ! vero è l'empio caso.
Ella è fuggita, e a me sol resta il duolo,
Nel tempo inonorato che m'avanza.　　　A Rodrigo.
L'hai tu veduta ?... Ahi sciagurata figlia !...
Col Moro hai detto ?... Ov'è chi brami ancora
D'esser padre ? Ma come lo sapesti ?
Tu m'inganni... Chi'l disse ? Or sù, recate
Altre faci ; sien desti i miei congiunti !...
Maritati son essi, io credete ?

BRA. Votre présence m'est importune. Déjà je
vous ai défendu de rôder autour de mes portes.
Ne vous ai-je pas déclaré avec une honnête fran-
chise que ma fille n'est pas pour vous ? et aujour-
d'hui, dans la folie de votre ivresse, à l'issue d'un
souper, échauffé par le vin, vous venez avec méchanceté troubler mon sommeil.

ROD. Paix, seigneur.

BRA. Que parlez-vous de voleurs ? Ne sommes-
nous pas à Venise ?

IAG. Nous venons vous rendre un grand service, et vous nous croyez fous ! Eh bien ! donnez
votre fille à ce maraudeur barbare, et ayez-le pour
gendre.

BRA. Et toi, fripon ?...

IAG. Je viens vous dire que votre fille est dans
les bras du More.

BRA. Tu es un infâme !

IAG. Et vous... un sénateur !

ROD. Seigneur, je réponds de tout ce qu'il a dit.
Eclaircissez-vous sans délai, et si elle est dans ses
chambres ou dans la maison, déchaînez contre moi
la justice pour vous avoir abusé.

BRA. Holà ! un flambeau. Qu'on appelle mes
gens. Le doute seul m'accable. Des lumières,
holà ! des lumières.

Brabantio se retire.

IAG. Adieu, je dois vous quitter, il ne convient
pas à mon grade d'être appelé comme témoin contre le More, ce qui ne pourrait pas manquer d'arriver si je restais ici. Cependant, s'il doit en avoir
quelque peine, je sais que le sénat, pour la guerre
de Chypre qui dure encore, ne peut se passer de
lui, et ne saurait trouver son égal dans une si
grande entreprise. Quoique je le haïsse autant que
les peines les plus atroces, je suis cependant forcé,
par la nécessité de ma condition, à faire parade de
dévoûment pour lui, mais parade et rien autre.
Si vous voulez le trouver, dirigez les recherches à
l'hôtel du *Sagittaire* ; j'y serai avec lui. Adieu.

SCÈNE II

BRABANTIO entre suivi de domestiques portant des torches.

ROD. Et il me laisse ainsi !...

BRA. Ah ! l'horrible malheur n'est que trop vrai.
Elle s'est sauvée, et il ne me reste que la douleur
pour les jours déshonorés qui me restent. — L'as-
tu vue ? Oh ! fille malheureuse... tu as fui avec le
More !... Qui peut encore souhaiter d'être père ?
Mais comment l'avez-vous su ?... Ah ! tu me trompes !... Qui l'a dit ?... Allons, apportez d'autres
flambeaux... Qu'on éveille mes parents... Croyez-
vous qu'ils se soient mariés ?...

ROD. In fede mia, lo credo.

BRA. O cielo! e come
Scampò di casa? O sangue mio tradito!
Ma non v'han sortilegi, onde alcun possa
Contaminar virginea giovinezza?
Non l'udisti tu pur, Rodrigo?

ROD. E vero.

BRA. Il fratel mio chiamate. — Oh! almen l' aveste
Avuta voi!... Per questa alcuni, ed altri
Per quella via...

ROD. Ben io saprò scoprirla.

BRA. Oh! voi guida mi siate. Ad ogni casa,
Griderò, comandar, se giova, io posso.
Andiam, Rodrigo. Il ciel mercè vi doni.

Partono.

SCENA III

OTELLO, IAGO e SERVI, con torcie.

IAG. Nel mestiero dell' armi io n'ho freddati
Non pochi; pur sostengo esser principio
Di coscienza il non dar mano a trame
Omicide; d'un poco di nequizia
A mio prò, talor manco. Nove o dieci
Volte, sentii la voglia di passarlo
Fra costa e costa.

OTE. Quel ch'è stato è meglio.

IAG. Sia; ma colui tanto piativa, e tali
All' onor vostro provocanti oltraggi
Vomitava, che a stento, con la mia
Poca bontà, seppi frenarmi. Oh! dite,
Signor, di grazia: la sposaste poi
Veramente? Il magnifico, l'abbiate
Per certo, amato è molto; e il suo possente
Voto di quel del Doge il doppio vale:
A far divorzio saprà trarvi; o almeno
V' opprimerà, con quanti inciampi e guai,
Gli fornirà la legge.

OTE. E il suo dispetto
Disfoghi pur; più forte parleranno
Gli alti servigi che per me già furo
Resi alla signoria. Resta a far noto
(E il farò, dov' io sappia esser tal vanto
Richiesto dall' onore) che in natali
Da progenie regal trassi, e la vita;
E che, ritta la fronte, il merto mio
Può favellar coll'elevata sorte
Che m' acquistai: però che il sappi, Iago,
Se non fosse l'amor della gentile
Desdemona, per quanti ha il mar tesori,
Circondar questa mia libera e cara
Nomade vita non vorrei d'alcuna
Legge o confin. — Ma là riguarda; quale
Luce a noi vien?

SCENA IV

CASSIO, in distanza, ed alcuni UFFIZIALI, con faci; e I PRECEDENTI.

IAG. Son essi, il padre irato,
Con gli aderenti suoi: quinci ritrarvi
È bene.

ROD. Sur ma foi, je le crois.

BRA. O ciel! comment a-t-elle quitté la maison?
O trahison de mon sang! Mais n'y a-t-il pas des
sortiléges avec lesquels on puisse corrompre la
jeunesse d'une vierge, ne l'as-tu pas entendu répéter, Rodrigue?...

ROD. C'est vrai.

BRA. Appelez mon frère. — Ah! si du moins
c'était vous qui l'eussiez obtenue! Que quelquesuns d'entre vous prennent ce chemin, les autres
celui-là.

ROD. Je saurai bien la découvrir.

BRA. O soyez notre guide! J'appellerai à toutes
les maisons: je puis commander s'il le faut.

Ils sortent.

SCÈNE III

OTHELLO, IAGO, DOMESTIQUES avec des torches.

IAG. Dans le métier des armes j'en ai tué plusieurs; cependant, je soutiens que c'est un principe de la conscience, qu'il ne faut jamais commettre de guet-apens. Quelquefois je manque
d'un peu de méchanceté à mon profit. Neuf ou dix
fois j'ai eu envie de le percer de côte à côte.

OTH. Ce qui a été c'est pour le mieux.

IAG. Soit. Cependant celui-là insistait avec tant
de force et vomissait de tels outrages provocateurs pour votre honneur, que c'est à grand'peine
si, avec mon peu de bonté, j'ai pu me contenir.
Mais, dites-moi, seigneur, de grâce, l'avez-vous
réellement épousée? Le Magnifique, soyez en certain, est très-aimé, et sa voix puissante vaut le
double de celle du doge: il vous forcera à divorcer, ou il vous opprimera avec tous les obstacles
et les ennuis que la loi lui prête.

OTH. Qu'il exhale son courroux. Les services
que j'ai rendus à la seigneurie parleront plus
haut. Il me reste à faire connaître (et je le ferai si
j'apprends que cette vanité est demandée par l'honneur), que je suis né d'une race royale, et que
mon mérite peut, le front haut, soutenir la grande
fortune que j'ai acquise. Aussi, sache-le, Iago,
que si ce n'était pas l'amour de la charmante Desdémona, je ne voudrais pas, pour tous les trésors
de la mer, entourer ma chère et libre existence
nomade d'aucune loi ou bornes. Mais, regarde de
ce côté, quelles sont ces lumières qui s'avancent
vers nous?

SCÈNE IV

CASSIO, suivi de soldats avec des torches. ET LES PRÉCÉDENTS

IAG. Ce sont bien eux; le père courroucé avec
ses amis; et il vous convient de vous retirer d'ici.

OTE. No! m'è d'uopo esser trovato.
La mia tempra, il mio grado, e l'alma mia
Senza macchia, far denno manifesto
Qual io mi son. — Dunque son essi?
  IAG.   Io credo
Di no, per Giano!
  CAS.   Il Doge vi saluta
O capitano. Ei di vedervi chiede
Immantinente.
  OTE.   La cagion sapete?
  CAS. Forse nuove di Cipro, a quel che dato
M' è indovinar : di non lieve momento
È cosa. Già non pochi senatori
Desti e raccolti presso al Doge stanno.

  OTE. Bene sta. Son con voi.
  CAS.   Qui per cercarvi
Viene altra gente.

SCENA V

BRABANZIO, RODRIGO, Uffiziali con faci, e Detti.

  IAG.   Egli è Brabanzio. In guardia,
Capitano! esso vien con tristo intento.
  OTE. Olà, fermate.
  ROD.   Ecco, messere, il Moro.
  BRA. Egli? S'afferri il rapitor!
        Da ambe le parti si snudano le spade.
  IAG.   Rodrigo,
Voi pure? Or bene, son io qui per voi.
  OTE. Via, que' lucenti brandi deponete,
Chè non gli arruginisca la rugiada.
Con gli anni, buon signor, meglio vi giova
Qui comandar, che con le spade.
  BRA.   O infame
Rapitor, dimmi, ov' è la figlia mia?
Tu, dannato, tu sol l' affascinasti.
N'appello a quanti han senso : ove non fosse
Allacciata da magiche catene,
Fanciulla sì gentil, bella e felice,
Sì di marito schiva che rifiuto
Fè di più ricchi e nobili garzoni,
Potea di tutti farsi il riso e il caro
Paterno asil fuggendo, abbandonarsi
A tal che, al par di te, nacque a spavento
Non ad amor? Ragion mi faccia il mondo,
Se pure ha senso. Tu l'arti d' inferno
Gittasti ad essa : con impure droghe
Tu l'innocenza sua contaminasti,
Tronca hai del moto la virtù. Te accuso
Seduttor d'innocenti, e di dannate
Opre maestro. E qui prigion ti dico.

  OTE. Ognun si freni. Ove pugnar giovasse,
Per me il saprei, senza che alcun m' inciti. —
Ove bramate voi che a tale accusa
Risposta io faccia?
  BRA.   In carcere, fin quando
Te il giudicio non chiami alla discolpa.

OTH. Non : il faut qu'on me trouve. Mon caractère, ma position et ma conscience sans tache doivent me faire connaître tel que je suis. Donc ce sont eux ?

IAG. Par Janus, je crois que non.

CAS. Général, le Doge vous salue. Il demande à vous voir à l'instant même.

OTH. En savez-vous la cause ?

CAS. Peut-être quelques nouvelles de Chypre, autant que je puis deviner. C'est une affaire très-importante. Déjà plusieurs sénateurs réveillés se sont réunis auprès du Doge.

OTH. C'est bien, je vous suis.

CAS. Voici du monde qui vient encore vous chercher.

SCÈNE V

BRABANTIO, RODRIGO, Officiers, avec flambeaux.

IAG. C'est Brabantio. Général, tenez-vous sur vos gardes : il vient avec mauvaise intention.

OTH. Holà! arrêtez.

ROD. Voici, seigneur, le More.

BRA. Lui? Qu'on saisisse le ravisseur.
        On tire les épées des deux côtés.

IAG. Vous aussi, Rodrigo? Et bien je suis là pour vous.

OTH. Allons, déposez ces épées étincelantes, que la rosée ne vienne les rouiller. Seigneur, il vous sera plus utile commander ici par les années, que par les armes.

BRA. Ravisseur infâme; dis-moi où est ma fille? Toi seul, âme damnée, toi seul tu l'as ensorcelée. J'en appelle à tous ceux qui ont du bon sens. Si elle n'était pas enchaînée par des liens magiques, pouvait-elle, cette fille charmante, belle, heureuse et si ennemie du mariage qu'on la vit dédaigner les jeunes gens les plus riches et les plus nobles, pouvait-elle, dis-je, devenir l'objet de la risée publique, et, fuyant la demeure paternelle, se livrer à un homme comme toi, qui est né pour inspirer la frayeur et non l'amour. Que le monde me rende justice, s'il n'est pas privé d'intelligence. Tu as jeté sur elle tes maléfices d'enfer; tu as corrompu son innocence par des philtres impurs. Tu as privé la vertu de son énergie. Je t'accuse donc d'être séducteur de l'innocence, et auteur d'œuvres damnées, et je te déclare que tu es prisonnier.

OTH. Que chacun se contienne. S'il fallait se battre, je le saurais, sans qu'on eût besoin de me provoquer. — Où voulez-vous que je réponde à cette accusation ?

BRA. Dans le cachot, jusqu'au moment où tu seras appelé devant tes juges pour te défendre.

OTE. Ma in qual guisa potrei, se v' obbedisco,
Al Doge satisfar di cui mi stanno
Al fianco i messi, onde guidarmi a lui
Per qualche grave affar di stato?

BRA.   Il Doge,
È in consiglio? a sì tarda ora di notte! —
Lo traete con voi : la causa mia
Non è già vana... Il Doge ed il senato,
Quale a sè fatto, dee sentir l'oltraggio.
Poichè, se vanno in libertà quest' opre,
Dello stato ministri a noi saranno
Pagani e schiavi.   *Partono.*

SCENA VI

IL DOGE e SENATORI, seduti ; UFFIZIALI
in distanza.

DOG.   In tai novelle alcuna
Rispondenza non è che le confermi.

1° SEN. E' ver, discordi sono : cento e sette
Galere han le mie lettere.

DOG.   E le mie
Cento e quaranta.

2° SEN.   Ed han le mie dugento.
Pur, se discorde è il numero, s'afferma
Da tutte che una flotta mussulmana
Veleggia a Cipro.

DOG.   No, si volge a Rodi.
Che ne pensate?

1° SEN.   Falsa mostra è questa,
Per condurci in inganno. Al Turco importa
Ben più Cipro che Rodi. E come è Rodi
Di gagliarde difesa e di guerresche
Cinte munita, non possiam sì inetto
Il nemico estimar, che indietro lasci
La più agevole impresa, ed un periglio
Tenti, infecondo di vantaggi.

DOG.   È certo
Ch'esso a Rodi non move.

UFF.   Ecco altri messi
             Entra un messaggero.

MES. O nobili signori, i mussulmani
Che dirizzâr le vele inverso Rodi,
A un secondo navil colà s'uniro.

DOG. Di quante vele?

MES.   Di ben trenta : ed ora
Incontro a Cipro i suoi disegni e il corso
Volge il nemico, Ser Montan ne manda
Per me l'avviso.

DOG. Provveder ne giova.
Marco Lucchese è qui nella cittade?

1° SEN. Or si trova a Firenze.

DOG.   A lui scrivete
In nostro nome : e tosto ci venga, tosto.

1° SEN. Ecco Brabanzio e il valoroso Moro.

OTH. Mais comment pourrai-je, en vous obéissant, satisfaire au Doge, dont les envoyés sont à mes côtés pour me guider vers lui pour une grande affaire d'État?

BRA. Le Doge au conseil? à une heure si avancée de la nuit? Emmenez-le donc avec vous. Ma cause n'est pas frivole. Le Doge et le sénat doivent ressentir cet outrage comme s'il leur avait été fait. Si de tels attentats demeuraient impunis, des infidèles et des esclaves seront bientôt ministres de l'État. (Ils sortent.)

SCÈNE VI

LE DOGE ET LES SÉNATEURS ASSIS.
Des Officiers en distance.

DOG. Entre ces nouvelles il n'y a aucune coïncidence qui puisse les confirmer.

1er SÉN. C'est vrai, elles sont discordantes. Mes lettres portent cent sept galères.

DOG. Et la mienne cent quarante.

2° SÉN. Et les miennes deux cents. Cependant, si elles ne sont pas d'accord sur le nombre, elles confirment qu'une flotte musulmane fait voile vers Chypre.

DOG. Non. Elle se dirige vers Rhodes; qu'en pensez-vous?

1er SÉN. C'est une fausse démonstration pour nous tromper. Pour le Turc, Chypre a bien plus d'importance que Rhodes. Et Rhodes, étant pourvue de formidables défenses et entourée de murs, nous ne pouvons croire notre ennemi si sot, qu'il laisse derrière lui l'entreprise la plus facile pour affronter un danger qui ne lui promet aucun avantage.

DOG. Il est certain qu'il ne se rendra pas à Rhodes.

OFF. Voici d'autres messagers.
          Entre un messager.

MESS. Nobles seigneurs, les Musulmans, qui avaient dressé les voiles vers Rhodes, se sont réunis là à une autre flotte.

DOG. Combien de navires?

MESS. Trente, et maintenant l'ennemi dirige sa course sur Chypre. Montano m'envoie ici pour vous l'annoncer.

DOG. Il faut pourvoir. Marc Luchese est-il dans la ville?

1er SÉN. Il est à Florence.

DOG. Qu'on lui écrive et qu'il vienne aussitôt.

1er SÉN. Voici Brabantio et le vaillant More.

SCENA VII

BRABANZIO, OTELLO, IAGO, RODRIGO, Uffiziali, e Detti.

DOG. O valoroso Otello, il braccio vostro,
Senza più, vuolsi usar contro il nemico
Del mondo, l'Ottomano. (A Brabanzio.) Io non v' avea
Scorto, o signore : il vostro senno e il vostro
Soccorso ci mancava in questa notte.

BRA. Uopo lo pure ho di voi. La vostra Altezza
M'abbia mercè : nè il grado mio, nè avviso
Alcun di ciò che qui v' aduna, al mio
Letto mi tolse; la comune cura
Me più non tocca ; il mio privato affanno
Qualunque altro dolor divora e inghiotte,
E pur sempre è lo stesso.
DOG.   Che v' occorre?
BRA. Oh! la mia figlia, la mia figlia!
1° SEN.   Morta?
BRA. Sì, per me. Fu sedotta, a me involata,
Vinta con filtri e sortilegi arcani.
Natura non divien sì mostruosa
Senza forza d'incanti...
DOG.   Qual ei sia
L'uomo che con sì nere arti alla vostra
Figlia il senno rapiva, e a voi lei stessa,
Il sanguinoso libro della legge,
Fia dischiuso al giudicio; il reo foss' anco
Il nostro proprio figlio...
BRA.   Umili grazie
Vi rendo. Eccovi l' uom : codesto Moro
Che or qui chiamaste per affar di stato.

DOG. e SEN. Come? Il Moro?

BRA.   Egli stesso.
DOG., a Otello.   Eche potete
Rispondere voi dunque, a vostra scusa?
BRA. Nulla fuor ch' è così.
OTE.   Possenti, gravi,
Venerandi patrizii, e miei signori !
E' ver che la sua figlia al vecchio tolsi;
E' ver che la sposai. Tale é l' offesa.
Rozzo è il linguaggio mio ; melate frasi
Di pace il ciel non diemmi ; poiché il nerbo
De' sette anni sentir queste mie braccia,
Insino ad oggi, fuor di nove lune
Or qui indarno consunte, il più giocondo
Ludo trovai negli attendati campi;
E del gran mondo poco dir poss' io
Che d' armi non ragioni e di battaglie :
Sicché, per me parlando, alla mia causa
Scarsa grazia darò. Pur, con la vostra
Mercè, la schietta e disadorna storia
Dell' amor mio, tutta narrarvi or voglio;
E dir gl' incanti, i filtri e la possanza
(Poiché m' é posta tale accusa) ond' io
Vincer seppi sua figlia.

SCÈNE VII

BRABANTIO, OTHELLO, IAGO, RODRIGO, officiers, et les Précédentes.

DOG. Vaillant Othello, il faut sans délai employer votre bras contre le Turc, l'ennemi du monde. (A Brabantio.) Seigneur je ne vous avais pas aperçu ; votre sagesse et votre secours nous manquaient cette nuit.

BRA. J'ai aussi besoin de vous. Que Votre Altesse me pardonne, ce ne sont ni mon grade, ni aucun avis sur ce qui vous réunit, qui m'ont arraché de mon lit. Le soin public ne m'intéresse plus. Ma douleur privée absorbe et détruit tout autre chagrin, et n'en est pas moins toujours la même.

DOG. Que vous arrive-t-il?
BRA. O ma fille! ma fille!!!
UN SÉN. Morte?
BRA. Oui, pour moi. Elle a été séduite, elle m'est ravie, subjuguée par des philtres et des sortiléges arcanes. La nature ne devient pas si monstrueuse sans l'influence des charmes.

DOG. Quel que soit l'homme qui, par des artifices si scélérats a enlevé la raison à votre fille et vous en a privé, le livre sanglant des lois s'ouvrira pour le jugement, même si le coupable était notre propre fils.

BRA. Je vous en rends grâces. Voici cet homme, ce même More que vous avez appelé tantôt pour une affaire d'État.

DOG. } Quoi! le More?
SÉN. }
BRA. Lui-même.
DOG., à Othello. Et vous, que pouvez-vous donc répondre pour votre défense?
BRA. Rien, sinon qu'il en est ainsi.
OTH. Puissants, graves, vénérables patriciens et mes maîtres. Il est vrai que j'ai enlevé la fille de ce vieillard : il est vrai que je l'ai épousée. Telle est l'offense. Ma manière de parler est rude, le ciel ne m'a pas concédé le doux langage de la paix ; car depuis que mes bras sentirent la force à sept ans jusqu'à présent, hormis les neuf lunes dernières inutilement écoulées ici, j'ai toujours trouvé la plus agréable demeure sous les tentes des camps, et, du grand monde, je ne sais pas grand'chose qui ne se rapporte aux armées et aux combats. Aussi, en parlant pour ma défense, je ne saurai pas faire briller ma cause. Cependant, avec votre secours, je veux vous raconter l'histoire sincère et simple de mon amour, et parler des charmes, des philtres, du pouvoir (puisqu'on a porté cette accusation contre moi) par lesquels j'ai su gagner sa fille.

BRA.   Una fanciulla
Timida, mite e di sì dolce spirto
Che arrossìa di se stessa ad ogni moto,
Tradìr potea così natura e gli anni
L'onor, la patria e tutto?... Oh, no'l potea!
Forza è cercarne la cagion nell' empie
Arti d'Inferno. Ond' io qui affermo ancora
Ch' ei con mischianze ch' han virtude occulta,
Soggiogolla.

DOG.   Affermar, non è dar prove :

1° SEN. Orsù, parlate, Otello :

OTE.   Io vi scongiuro,
Per la donzella di mandar vi piaccia.
Di suo padre al cospetto, essa qui parli :
E se reo mi trovate, il grado mio
La fede e tutto che da voi già m'ebbi,
Non solo mi rapite ; ma la vostra
Sentenza cada pur sulla mia testa.

DOG. Sia condotta Desdemona.

OTE.   Tu stesso,
Iago, li guida : ben conosci il loco.
                Partono Iago ed alcuni uffiziali.
Mentr' essa vien, con quel sincero labbro,
Onde gli error miei più secreti al cielo
Confesso, or voglio a' vostri gravi orecchi
Spiegar com' io nel cor della vezzosa
Donzella penetrai, dessa nel mio.

DOG. Parlate, Otello.

OTE.   Il padre suo m' amava;
E farmi invito solea spesso, inchieste
Di mia storia movendo, anno per anno;
Gli assedii, le battaglie, e le fortune
Per me passate. E la mia vita intera
Da' miei giorni infantili, infino all'ora
Ch' ei di narrarla m' imponea, ricorsi :
E raccontai penose, ardue vicende,
Lagrimevoli cael in terra e in mare;
Sulle mortali breccie alti perigli
Per un punto sfuggitti; e come io fossi
Fatto captivo dal crudel nemico
E venduto al servaggio; e come poi
Redento a libertà. De' miei viaggi
A narrar seguitai : fonde caverne,
Oziosi deserti, irte miniere;
Roccie e monti che il ciel toccan col capo.
E rammentai, poich' io parlar dovea,
Cannibali onde l' un l' altro divora,
Antropofagie genti a cui la testa
Non soverchia le spalle. Al mio racconto
Seria, intanto chinavasi la bella
Desdemona, ma ogn' ora in altra parte
La conduccan le casalinghe cure :
E le adempia sollecita; poi tosto
A me tornava, e con avido orecchio
Stavasi a divorar le mie parole.
Io, di ciò fatto accorto, un' opportuna
Ora cogliendo, ritrovai la via
Di farle uscir dal core una preghiera ;
Che le dicesti per intero i miei
Pellegrinaggi, cui soltanto in parte

BRA. Une jeune fille timide, modeste, qui rougissait d'elle-même à chaque mouvement, pouvait-elle trahir ainsi la nature, les années, l'honneur, la patrie, tout enfin. Ah! elle ne le pouvait pas. Il faut en rechercher la cause dans les maléfices impies de l'enfer. Aussi j'affirme toujours ici qu'il l'a subjuguée par la force de mélanges, qui ont un pouvoir occulte.

DOG. Affirmer, ce n'est pas fournir des preuves.

1er SÉN. Allons, parlez, Othello.

OTH. Je vous conjure qu'il vous plaise de mander la jeune fille. Qu'elle parle ici en présence de son père. Si vous me trouvez coupable, non-seulement ôtez-moi mon grade, la confiance et tout ce que je tiens de vous, mais que votre sentence tombe aussi sur ma tête.

DOG. Qu'on amène Desdémona.

OTH. Iago, conduis-les toi-même : tu connais bien le lieu. (Iago et quelques officiers sortent.) En attendant qu'elle arrive, avec la même sincérité dont je me confesse au ciel de mes fautes les plus secrètes, je veux expliquer à vos graves oreilles comment je me suis insinué dans le cœur de la jeune fille, et elle du mien.

DOG. Parlez, Othello.

OTH. Son père m'aimait et il avait coutume de m'inviter souvent, m'adressant des questions sur l'histoire de ma vie, année par année, sur les siéges, les batailles, les hasards que j'avais traversés. Je repassais donc toute ma vie, depuis les jours de mon enfance, jusqu'au moment où il m'imposait de la raconter; et je fis le récit de viscissitudes pénibles, d'aventures lamentables sur terre et sur mer, des grands périls esquivés pour un point sur la brèche meurtrière. Et je dis comment, fait prisonnier par l'ennemi cruel, je fus vendu pour l'esclavage et comment j'étais ensuite racheté à la liberté. Je continuai à raconter mes voyages, et je parlai d'antres profonds, de déserts arides, d'immenses souterrains, de rochers, de montagnes dont la tête touche aux cieux, et puisque je devais parler, je rappelai les cannibales qui se dévorent les uns les autres, anthropophages et gens dont la tête ne dépasse pas les épaules. Desdemona se penchait attentive et sérieuse à mon récit; mais les soins du ménage l'appelaient souvent ailleurs. Elle les expédiait à la hâte, et ensuite, revenant aussitôt vers moi, d'une oreille avide dévorait mes paroles. M'en étant aperçu, je saisis une heure favorable et je trouvai moyen de tirer de son cœur une prière pour que je lui fisse en entier le récit de mes pèlerinages, dont elle n'avait entendu qu'une partie, et jamais attentivement. J'y consentis, et bien souvent je surpris les larmes

Udito avea, nè intentamente mai.
Acconsentii, sul ciglio le scoversi
Ben sovente le lagrime, narrando
Qualche fiera vicenda che sostenne
La giovinezza mia. Quando il racconto
Finì, per la mia pena essa mi diede
Un mare di sospiri; e gia sclamando
Oh strani casi! e in fede mia pietosi
Profondamente! — e bramava nel core
Di non averli uditi, e in un bramava
L'avesse il ciel creata un uom simile.
Rendeami grazie, e mi dicea, se mai
Un amico m'avessi che per lei
Sentisse amor, d'apprendergli il racconto
Della mia vita; chè l'avrebbe amato.
A tali detti anch' io parlai: per tutti
I miei corsi perigli ella m' amava,
Ed' io l' amai per la pietà che n' ebbe,
Questi gl' incanti fùr che in opra io posi:
Ella stessa or qui viene, e a voi l'affermi.

SCENA VIII

I Precedenti, DESDEMONA, IAGO e Seguaci.

Dog. E vinto avria questo racconto il core
Pur di mia figlia. Buon Brabanzio, adopra
Che ai trista vicenda al meglio torni :
L' uom più si giova d'una spada infranta
Che d'una mano ignuda.

Bra.   Io ve ne prego,
L'ascoltate; e dev' ella or qui confessi
Che a parte fu di tale amor, ricada
Sovra il mio capo Il fulmine, se nuova
Gli fo rampogna. Accostati, o donzella;
Conosci tu qui l' uomo, a cui ti lega
Dover d'obbedienza.
Des.   O padre mio
Un duplice poter qui riconosco.
Leganmi a voi la vita ed il costume;
Il costume e la vita a rispettarvi
M'apprendono. Signor del dover mio
Voi siete, ed io fin qui fui vostra figlia,
Ma il mio consorte io veggo pur : l'ossequio
Onde più a voi che al padre suo diè prova
Mia madre un dì, mostrar mi si consenta
Al Moro, mio signore.
Bra.   Iddio ti guardi!
Ho finito. — (Al Doge.) Passiam, se pur vi piace
Alle cure di stato. Era ben meglio
Una figlia adottar, che darle vita.
T'appressa, o Moro. Io qui, contuto il cuore,
Costei ti do, che, se già tua non fosse,   [meglio
Con tutto il cuor t'avrei negato. — (A Desdemona.) Oh
Ch'altri figli non m'ebbi! la tua fuga
Sariami stata di rigor maestra.
Ho detto.
Dog.   A me, siccome a voi, si doni
Far parola che sia per giusti amanti
Scala e ritorna al favor vostro. — Quando
Vano è il rimedio, il nostro duolo ha fine

dans ses yeux, au récit de quelque aventure
cruelle que ma jeunesse avait essuyée. Lorsque
mon récit fut achevé, elle me donna pour mes
infortunes des soupirs sans fin, en s'écriant :
« O aventures étranges, et, sur ma foi, immensé-
ment touchantes! » Et elle souhaitait dans son
cœur de les avoir pas entendues; mais en même
temps elle souhaitait que le ciel l'eût fait naître
homme et semblable à moi. Elle me remercia, et me
dit, si j'avais un ami qui l'aimât, de lui apprendre
à raconter ma vie, et qu'elle l'aurait aimé. A ces
mots, moi aussi je parlai, et elle m'aima pour les
dangers que j'avais courus, et moi je l'aimai pour
la pitié qu'elle en avait ressentie. Voilà les charmes dont je me suis servi. Qu'elle-même, qui arrive en ce moment, le confirme.

SCÈNE VIII

LES Précédents DESDÉMOMA , IAGO , suite.

Dog. Et ce récit aurait aussi gagné le cœur de
ma fille. Excellent Brabantio, fais de manière que
cette triste aventure tourne pour le mieux. L'homme
tire plus d'avantages d'une épée brisée que d'une
main désarmée.

Bra. Ecoutez-la, je vous en prie, et si elle avoue
qu'elle a partagé cet amour, que la foudre re-
tombe sur ma tête, si jamais je renouvelle mes
reproches. Approche-toi, ma fille, et dis-moi,
connais-tu ici l'homme auquel tu dois obéissance ?

Des. O mon père je reconnais ici un double
pouvoir. La vie et l'habitude me lient à vous : l'habitude et la vie m'enseignent à vous révérer. Vous
êtes le maître de mon devoir, et jusqu'à présent
j'ai été votre fille; mais je vois aussi mon époux;
qu'il me soit donc permis de témoigner au More,
mon seigneur, cette même obéissance dont ma
mère vous donna plus de marques qu'à son père.

Bra. Dieu vous aide. (Au Doge.) Passons, s'il
vous plaît, aux soins de l'Etat. Il valait mieux
adopter une fille que de lui donner la vie, More,
approche-toi. — Je te donne ici, de tout mon
cœur, celle qui, si elle n'était déjà la tienne, je
t'aurais refusée de tout mon cœur. Il est heureux
que je n'aie pas d'autres enfants, car ta fuite
m'aurait appris la rigueur.

Dog. Qu'il me soit concédé de prononcer en faveur des amants quelques mots qui les fassent rentrer dans vos grâces. Lorsqu'il n'y a plus de remède la douleur finit. Celui qui est volé ne peut

Nulla perde il frodato, ove sorrida
Chi mette vani guai, sè stesso ruba.

 BRA. Cipro ne usurpi il mussulman ; perduta
Non è, finche ti sta sul labbro un riso.
S'acconcia al proverbiar chi sol ne tragge
Facil conforto ; ma chi sconta affanni,
Di rassegnata pazienza a prezzo
E' l proverbio e l' affanno inesim sopporta.
Queste ambigue sentenze, e buone a tutto,
Fiele o dolciume, altro non son che vane
Parole. Niun penetra al cor ferito
Per la via degli orecchi.
     Or dello stato
Alle cure, ven prego
 DOG.   Il Turco drizza
Incontro a Cipro l'armi. Otello, a voi
La possa di quell'isola è ben nota,
Sebben noi vi tenghiamo un sostituto
D'incontrastata valenti, pur vuole
L'opinion, sovrana delle cose,
Porre in voi stesso il più securo voto.

 OTB. Senatori gravissimi, già il mio
Ferreo letto di guerra in una coltre
Morbida e profumata avea converso
Abitudin tiranna : ora quel sùbito
Ardor nativo che i perigli cerca
In me si sveglia. Io questa guerra assumo
Contro il Turco, ma in un pregarvi ardisco
Che si provvegga alla mia sposa ; come
Al mio grado conviensi, e à 'suoi natali

 DOG. In casa di suo padre ell' avrà stanza,
Se vi place

 DES. Al sol vedermi, il sento
Da crucciose memorie egli sarebbe
In cor turbato. — (Al Doge.) Deh ! benigno udite,
O signor mio.

 DOG.   Desdemona, che brami ?
 DES. Che Otello amando, di seguirlo io chiegga
E di viver con lui, lo grida al mondo.
La fuga mia, del par che la fortuna
Procellosa ch'io scelsi. Sol nell' alma
D'Otello vidi il suo sembiante, e solo
Alla sua gloria, al suo valor me stessa
Consacrai tutta e la fortuna mia.
Se in pace io resto, mentr' ei move in guerra,
Que' dritti onde l'amai mi son rapiti ;
E lontana da lui, languir m'è forza
In un immenso vuoto. Oh ! concedete
Ch'io l'accompagni.
 OTB.   Al suo desir, messeri,
Date libera via. Nè già, vel giuro,
A render pago il giovenile affetto.
O l'ardente voler d'una privata
Contentezza io ve'l chiedo : a lei soltanto
Indulgente esser vo ! Ma tolga il cielo
Che nasca in voi pensier ch'io possa mai
Nell'amor mio smarrir la mente e l'opre,

rien s'il sourit, mais il se vole soi-même s'il se livre à de vaines plaintes.

BRA. Que le musulman prenne Chypre ; elle ne sera pas perdue tant que tu auras un sourire sur les lèvres. Celui qui trouve un soulagement dans les proverbes les aime : mais celui qui paie les peines par des proverbes souffre en même temps des peines et des proverbes. Ces maximes équivoques, qui sont bonnes à tout, sont de vaines paroles. J'ai dit, et maintenant occupons-nous des affaires de l'État, je vous en prie.

DOG. Le Turc dirige son armée sur Chypre. Othello, vous connaissez très-bien la puissance de cette île, et quoique nous ayons là un remplaçant d'une valeur incontestable, l'opinion publique cependant, qui est souveraine dans ces choses, demande qu'on place en vous-même la plus grande confiance.

OTH. Très-graves sénateurs, déjà ma couche guerrière de fer avait été changée en lit doux et parfumé par ce tyran qu'on nomme l'habitude. Maintenant cette ardeur subite et naturelle qui recherche les dangers se réveille en moi. Je me charge de cette guerre contre le Turc ; mais j'ose en même temps vous prier de pourvoir au sort de mon épouse, comme il convient à mon grade et à sa naissance.

DOG. Elle ira demeurer chez son père, si cela vous fait plaisir.

BRA. Je ne le veux pas.

DES. Ni moi non plus. Je sens qu'en me voyant son cœur serait troublé par de douloureux souvenirs. (Au Doge.) Mon seigneur, écoutez-moi avec bienveillance.

DOG. Que veux-tu, Desdémona ?

DES. Ma fuite, ainsi que le sort orageux que j'ai choisi, prouvent au monde entier qu'aimant Othello, je demande à le suivre et à vivre avec lui. J'ai vu le visage d'Othello seulement dans son âme, et j'ai entièrement consacré moi-même et mon bonheur à sa gloire et à sa valeur. Si je reste en paix tandis qu'il part pour la guerre, tous les droits pour lesquels je l'ai aimé me sont ravis, et loin de lui il me faudra languir dans un vide immense. Oh ! accordez-moi de l'accompagner.

OTH. A son désir, seigneurs, donnez un libre cours. Ce n'est pas, je le jure, pour satisfaire un sentiment de jeunesse ou la brûlante envie d'une joie privée que je vous le demande. Je veux seulement être complaisant avec elle ; mais que le ciel ne permette pas qu'il s'élève en vous la pensée que mon amour puisse jamais égarer mon esprit

O solo non curar gli alti e severi
Incarchi vostri, perchè dessa è meco.
Se fosse, l' elmo mio si muti in vile
Tegghia; e quanti v' han danni e vituperi
Si scatenino pur contra mia fama

DOG. Decidete fra voi s'ella qui debba
Rimanersi' o partir. Stringe l'impresa,
E vuol prontezza. Partir voi dovete
In questa notte.

DES.   In questa notte?

DOG.   Appunto
Otello, alcun lasciate, affinchè il nostro
Comando poi vi rechi e tutto quanto
Al grado vostro e a questa cura importi,

OTE. L'alfiere mio, se tal vi piace, o Doge,
Uomo onesto e leal, della mia sposa
Sarà il custode

DOG.   Bene stà. S'è vero   A Brabanzio.
Che di bellezza ognor virtù si fregi,
Nessuno, signor mio, vincer può il vostro
Genero al paragon.

1° SEN.   Valente Moro,
Addio. Rendi Desdemona felice.

BRA. S'hai gli occhi aperti, su lei veglia, o Moro :
Ingannò il padre e può ingannar te pure.

                Partono il Doge, i Senatori, gli Uffiziali.

OTE. La vita mia per la sua fè. — Deh! meco
O Desdemona, vieni : un' ora sola
D'amor mi resta a consacrarti, un'ora
Di domestiche cure e di pensieri :
Poichè obbedir bisogna al tempo.
                Partono Otello e Desdemona.

SCENA IX

IAGO, RODRIGO.

ROD.   Iago?
IAG. Che dici, nobil cor?
ROD.   Sai quel ch'io pensi?
IAG. D'irne a letto e dormir...
ROD.   .   No, d'annegarmi.
IAG. Se tu lo fai, non t'amerò, per certo.
Ma perchè, cervel pazzo?
ROD.   Ell'è pazzia
La vita, allor che il vivere è tormento :
Solo la morte è medica per noi,
E il morir medicina.
IAG.   Oh gran viltade!
Già son sett'anni quattro volte andati
Ch'io guardo in questo mondo ; e dall'istante
Che a cerner giunti inguiria e beneficio,
Uom non vidi che sappia amar se stesso.
Pria di dir ch'io m'anneghi, per amore,
Vorrei col babbuin cangiar natura.
ROD. Che far? Confesso, del mio cieco affetto.
Mi vergogno; ma in me di forza emenda
Virtù non ho.

et mon action, ou que je néglige vos commissions
graves et importantes, parce qu'elle est avec moi.
S'il en était ainsi, que mon casque se change en
tourtière, et que tous les malheurs et la honte se
déchaînent contre ma renommée.

DOG. Décidez entre vous si elle doit partir ou
rester. L'entreprise presse, et il faut employer la
plus grande célérité. Vous devez partir cette nuit
même.

DES. Cette nuit!!...

DOG. Oui, et vous, Othello, laissez quelqu'un
qui vous apporte ensuite nos ordres et tout ce
qui se rapporte à votre position et à cette grande
commission.

OTH. Doge, je vous laisse mon enseigne, si vous
l'agréez. C'est un homme honnête et loyal : il sera
le gardien de mon épouse.

DOG. C'est bien. (A Brabantio.) S'il est vrai que
la vertu s'orne toujours de beauté, personne,
noble seigneur, ne pourra être au parallèle de
votre gendre.

1er SÉN. Vaillant More, adieu. Rends Desdémona
heureuse.

BRA. More, si tu as les yeux, veille sur elle : elle
a trompé son père et elle pourra te tromper.

            Le Doge, les Sénateurs, les Officiers sortent.

OTH. Ma vie pour sa foi. Desdémona, viens avec
moi. Je ne puis te consacrer qu'une heure d'a-
mour ; une heure de soins domestiques et de sou-
cis, puisqu'il faut obéir au temps.

            Othello et Desdémona sortent.

SCÈNE IX

IAGO, RODRIGO.

ROD. Iago?
IAG. Que dis-tu, noble cœur?
ROD. Sais-tu ce que je pense?
IAG. D'aller dormir dans ton lit?
ROD. Non, de me noyer.
IAG. Si tu le fais, je ne t'aimerai plus, certaine-
ment.

ROD. La mort est le seul médecin pour nous, et
mourir c'est la médecine.

IAG. O immense lâcheté! Il y a déjà cinq fois
sept ans que je regarde dans ce monde, et aussitôt ai-je aperçu une injure ou un bienfait, que je
n'ai pas vu d'homme qui sût s'aimer lui-même.
Avant de dire que je veux me noyer par amour,
je voudrais changer de nature avec le singe.

ROD. Mais quoi faire! J'avoue que j'ai honte de
ma passion aveugle, cependant je n'ai pas eu moi
la vertu de m'en corriger.

IAG.   Virtù? Buccia di fico!
Se questo siamo o quello, e'vien soltanto
Da noi medesmi. Il nostro corpo è un campo.
N'è cultore il voler se a noi conviene
Piantarvi ortiche, od innestar l'issopo,
Sarchiarvi il timo, una famiglia sola
D'erbe educar, molte intricarne, o farlo
Steril coll'ozio o col lavor fecondo;
E' del nostro voler tutta balìa.
Non abbiam noi la ragion, perchè tempri
Istinti e sensi e brame? A me il credete,
Che quanto voi chiamate amor... gli è solo
Un germe od un innesto.

ROD.   Io tal non credo.

IAG. Altro non è che un ribollir del sangue,
Una licenza del voler, su via.
Uom ti mostra. Annegarti? I gatti annega
E i catellini ciechi, Amico tuo
Son io fedele a merti tuoi, nè meglio
Potrei, che in tal momento a te dar braccio.
Và, la borsa t'impingua, e parti in coda
Di questa guerra. Durar lungo tempo
Non potrà di Desdemona l'amore
Pel Moro. — « Impingua, dico, il tuo borsello!
« Nè quel del Moro per costei : fu troppo
» Violento il principio, e ne vedrai
» Ben degua fin. Mutano voglia i Mori,
» La borsa impingua! Il cibo ch'org li è dolce
» Amaro in breve gli parrà. A me il credi.
» Giovine è dessa e dee cangiar; ben presto,
» Sazia che sia di lui, vedrà di sua
» Scelta l'error, — Trova dell'oro ! E dove
» Dannar ti voglia, eleggi un'altra via
» Dell' annegarti più gradita. Trova
» Oro, più che tu puoi, se il fragil voto
» Che quell' errante barbaro all' astuta
» Veneta donna unì, troppo possente
» Non è contro al mio spirto et a quel d'inferno.
» Possederla potrai. — Dell' oro trova,
» Si, dell' oro! Annegarti? Egli sarìa
» Come perder la bussola. Piuttosto
» Sfida il capestro, se ti par tentando
» Di far il piacer tuo. »

ROD.   Di favorirmi
Prometti?

IAG.   Fida in me. Trova dell' oro,
Cento volte te'l dissi, e te'l ridico.
Odio il Moro, qui dentro la radice
Ho di quest' odio : nè men forte è'l tuo
Tentiamo uniti la vendetta nostra :
Si tu lo inganni, a te diletto rechi,
A me gioja. T' affretta. Eventi molti
In grembo stan del tempo; e noi potremo
Far che li partorisca. Or parti. Addio.
M'intendi tu, Rodrigo?

ROD.   Che vuoi dirmi?

IAG. Annegarti, mai più! m'intendi?

ROD.   Adesso
Mutai pensiere. A vender le mie terre
Io corro.

IAG. Vertu! sottise. Si nous sommes tels ou tels, cela vient de nous-même. Notre corps est un champ : notre volonté en est le cultivateur. S'il nous convient d'y planter des orties, ou d'y greffer l'hysope, ou de sarcler le thym, d'y cultiver des herbes d'une seule espèce ou d'en mêler plusieurs; de le rendre stérile par la paresse ou fécond par le travail, cela dépend de nous. N'avons-nous pas la raison pour qu'elle corrige les instincts, les passions, les désirs? Croyez-moi, ce que vous appelez l'amour, n'est qu'un germe ou une greffe.

ROD. Je ne le crois pas ainsi.

IAG. Ce n'est qu'un échauffement du sang, une licence de la volonté. Allons, montre-toi un homme! te noyer? Noie les chats et leurs petits aveugles. Je suis l'ami fidèle de tes mérites, et je ne pourrais mieux qu'en ce moment venir à ton aide. Va, remplis ta bourse et suis cette guerre. L'amour de Desdémona pour le More ne peut durer longtemps. Remplis ta bourse, je te dis.

ROD. Promets-tu de me servir?

IAG. Aies confiance en moi ; rassemble de l'argent, je te l'ai dit cent fois, et je te le répète encore. Je hais le More, et l'origine de cette haine est ici dans mon cœur; la vôtre n'est pas moins puissante. Entreprenons ensemble notre vengeance : si tu le trompes, tu en auras un grand plaisir et moi une joie immense. Hâte-toi! le temps renferme de nombreux événements dans son sein, nous pouvons faire qu'ils se produisent; Va donc. Adieu. M'entends-tu, Rodrigue?

ROD. Que veux-tu dire?

IAG. Ne te noyes jamais, entends-tu?

ROD. Maintenant j'ai changé de pensée. Je cours vendre toutes mes terres.

IAG. Vanne; e gonfia ben la borsa (Rodrigo parte.)
Così gli alocchi metto in borsa anch'io.
L'arte in cui son maestro, è'mi parrebbe
Di profanar, dove spendessi il tempo
Con questo scemo, senza pro. Quel Moro
Io l'odio, voce che in mia casa ei volle
Far vece di marito. Che sia vero,
Non sa; ma per sospetto, in simil caso,
Io far vo' come per certezza. A lui
Accetto son; così più certo è il colpo.
Cassio è l'uomo. Veggiam: tratto di posto
E impennar l'ale al mio voler. Ma come?
Ecco: dopo alcun tempo, nell'orecchio
Soffiar d'Otello, che quel Cassio troppo
Dimestico si fa con la sua donna:
Ed esso è talche, alla personna, ai dolci
Modi può dar sospetto: aperta e franca
In dole ha il Moro, onesti ei stima quanti
Di onesti hanno sembianza. Ecco l'idea.
Bella e concetta è già. Notte ed inferno
Daranno in luce questo parto stano.

Parte.

IAGO. Va, et remplis bien ta bourse. (Rodrigue
sort.) Ainsi j'attrape les dupes. Il me semblerait
profaner la ruse, dans laquelle je suis maître,
si je perdais mon temps avec cet imbécile, sans
mon profit. Je hais ce More et je dois m'en ven-
ger. Je lui suis agréable; cela rend le coup plus
certain. Cassio est mon homme; voyons, si je
pouvais l'entraîner à seconder ma volonté. Mais
comment? Voici: au bout de quelque temps,
souffler dans l'oreille d'Othello que ce Cassio devient trop familier avec sa femme; et il est tel de
sa personne et de manières si charmantes qu'il
peut donner des soupçons. Le More est d'une
nature franche et ouverte, et il estime honnêtes
tous ceux qui en ont l'apparence. Voilà mon idée
tout à fait conçue. Nuit et enfer réaliseront ce fait
étrange.

Il sort.

ACTE DEUXIÈME

SCENA PRIMA

Isola di Cipro. — Porto di mare.

Entrano MONTANO e un UFFIZIALE.

MONT. In alto mar che discernete voi,
Dal promontorio?

1° UFF. Nulla encora; infuria
L'onda sconvolta, nè fra cielo e mare
Scoprir posso una vela.

MONT. E forte in terra
Ruggi il vento, mi par: giammai più negra
Procella non crollò le mura nostre.
Se in mar cotanto imperverso, qual fianco
Di quercia manterrà salde le fibre
Ai monti d'onda che gli rompon sopra?
Ed aspettarne che dobbiam?

1° UFF. Disperso
Il navile de' Turchi: un solo passo
Fate sul lido spumeggiante; ed ecco
Gli alti marosi flagellar le nubi,
E il gonfio flutto dai venti portato
L'orsa nel cielo inondar pare, e gli astri
Spegner, custodi dell'immobil polo.
Io mai non vidi più crudel tempesta
Sull'irato Oceàn.

MONT. Se in qualche baja
Non trovò asilo il navil turco, è certo
Che andò sommerso: sostenar non puossi
Tanta fortuna.

Entra un secondo uffiziale.

SCÈNE PREMIÈRE

L'île de Chypre. — Un port de mer.

Entrent MONTANO et un OFFICIER.

MONT. De ce promontoire, que voyez-vous en
pleine mer?

1er OFF. Rien encore. Les vagues soulevées augmentent leur furie, et je ne puis apercevoir une
voile entre le ciel et la mer.

MONT. Il me paraît que le vent souffle avec violence sur terre: jamais une plus affreuse tempête
n'ébranla nos murs. S'il en fait autant sur mer,
quel est le navire dont les flancs de chêne aient
des fibres assez solides pour résister aux monts de
vagues qui viennent se briser contre eux? Que
devons-nous en attendre?

1er OFF. Que la flotte turque en soit dispersée.
Faites un pas sur le rivage couvert d'écume, et
vous verrez les vagues fouetter les nuages. Je n'ai
jamais vu une tempête plus horrible sur l'Océan en
colère.

MONT. Si la flotte turque n'a pas cherché un abri
dans quelque baie, elle a été certainement coulée;
car on ne peut résister à une si grande tempête.
Holà!

Entre un second officier.

2° UFF.   Oià, novelle, amici!
Finì la nostra guerra; una possente
Veneta nave, à guasti ed al naufragio
D'una gran parte della turca armata
Fu testimonio.
MONT.   È ver?
3° UFF.   La nave è giunta;
Michel Cassio scendea, luogotenente
D'Otello, il Moro valoroso; ei stesso
In mar si trova; e qui ne vien, col sommo
Comando, in Cipro.
MONT.   Ne vo lieto; è un degno
Duce.
   « 2° UFF. Ma pur, quel Cassio, benchè lieto
» Parli della rovina a' Turchi occorsa,
» S'attrista e prega che sia salvo il Moro
» Onde staccollo il furiar de' venti.
   » MONT. L'ascolti il cielo. Io stesso ho già servito
» Sotto il suo cenno: ei da soldato impera;
» Andiamne al lido incontro al prode Otello,
» Riguardando fin là dove indistinte
» Ci sembrin l'acque dal celeste azzurro.

SCENA II

I PRECEDENTI; CASSIO.

CAS. Ai capi di quest' isola guerriera,
Cui tanto il Moro apprezza, io rendo grazie.
Oh! lui protegga il cielo! io lo perdei
In un mar periglioso.
MONT.   Ha buon naviglio?
CAS. Di salda construttura; ed il piloto
Un uomo esperto, consumato. Ond'io
Non lascio qui morir la mia speranza,
           Voci di dentro.

Una vela! una vela!
         Entra un altro uffiziale.

MONT.   Qual romore?
1° UFF. È vuota la cittade, il popol tutto
Sul ciglion della riva in folla tragge;
Ognun grida : Una vela!

MONT.   Il comandante,
Già raffiguro nella mia speranza.   *S'ode il cannone.*
Ite a veder, messere; ecco la salva
D'onore.
1° UFF. Io corro.   *L'Uffiziale parte.*
MONT.   E ver, ditemi, o Cassio,
Che il vostro duce s'ammogliò?

CAS.   Per somma
Sua sorte egli acquistò tal creatura
Che al paragon vien manco ogni parola;
Che vince gli splendor d'ogni pennello;
E d'ogni bel vestita e sì perfetta   *Chi venne?*
Che onora il suo fattor. (All' Uffiz. che torna.) Dite,

2° UFF. Un tale Iago, alfier del duce nostro.

CAS. Ben fu pronto e felice il suo tragitto;
Fin le procelle e il gonfio mare, ed i venti
E le ammucchiate sabbie ingannatrici
Che afferrano ingoiande al suo passaggio

2° OFF. Bonnes nouvelles, mes amis, notre guerre
est finie : un grand navire vénitien a été témoin
de la perte et du naufrage d'une grande partie de
l'armée turque.

MONT. Serait-il vrai?
2° OFF. Le navire est arrivé, et Michel Cassio,
le lieutenant d'Othello, le More vaillant, en est
descendu. Ce dernier lui-même est en mer et arrive
ici, à Chypre, avec le commandement suprême.

MONT. J'en suis heureux; c'est un digne capitaine.
J'ai déjà servi sous ses ordres, il gouverne en soldat. — Allons au rivage.

Le premier officier sort.

SCÈNE II

CASSIO et les précédents.

CAS. Je remercie les chefs de cette île belli-
queuse, qui estiment ainsi le More. Que le ciel le
protége : je l'ai égaré sur une mer dangereuse.

MONT. A-t-il un bon navire?
CAS. Il est solidement construit, et le pilote est
habile, et parfait; aussi je ne laisse pas mourir
mon espoir.

VOIX A L'INTÉRIEUR. Une voile! une voile!
Le premier officeir entre.
CAS. Quel bruit!
1er OFF. La ville est vide, tout le peuple s'est
porté sur le bord du rivage, et chacun crie : Une
voile !
MONT. Dans mon espérance j'aperçois déjà le commandant. (On entend le canon.) Allez voir, messieurs;
voici la salve d'honneur.

1er OFF. Je vais.
MONT. Dites-moi, Cassio, est-il vrai que votre
général s'est marié?
CAS. Pour son bonheur il a une créature telle,
que les paroles manquent pour en donner une idée,
et elle surpasse l'éclat de tous les pinceaux. Ornée
de toute beauté et de toute perfection, elle est
l'honneur de son créateur. (A l'officier qui revient.)
Dites-moi, qui vient donc d'arriver?
2° OFF. Un certain Iago, enseigne de notre
général.
CAS. Son trajet a été bien rapide et heureux. Jusqu'aux tempêtes, et la mer en courroux, et les
vents, et les sables trompeurs amoncelés, qui
saisissant la carène innocente à son passage l'en-

L'innocente carena, aver per lei
Parevan quasi di bellezza il senso,
E aprian sicuro il varco alta divina
Desdemona.

MONT.   Chi è dessa?

CAS.   È la regina
Del nostro duce illustre, che affidolla
A questo Iago : il suo sì pronto arrivo,
In sette dì, precorre il pensier nostro.
Gran Dio, proteggi Otello, e la sua vela
Col tuo possente alito spingi.

SCENA III

I PRECEDENTI, DESDEMONA, EMILIA, IAGO,
RODRIGO e SEGUITO.

CAS.   Ed ecco,
Il tesor della nave è sceso a riva.
Abitanti di Cipro, al suo cospetto
Chinatevi. Salute, o nobil donna!
Te segua, te circondi d'ogni lato
Il favore del ciel.

DES.   Grazie vi rendo,
Prode Cassio. Che nuove a darmi avete
Del signor mio ?

CAS.   Non giunse ancora; ed altro
Non so, fuor ch'egli è salvo, e verrà tosto.

DES. Pure, io pavento... Come e quando foste
Da lui diviso ?

CAS.   La furente lotta
Del mar col cielo separava i nostri
Legni... ma udite : Una vela!

            Voci di dentro.   Una vela!
                        S'odono colpi di canone.

1° OFF. Essi alla rocca mandano il saluto :
Dunque, altri amici son.

CAS.   Ne chiedi conto.
                        L'alfie. parte.
Buon alfier, benvenuto. (Ad Iago.) E voi, signora.
            (Ad Emilia.)
Non vi disgradin l'accoglienza franche
D'un uom di mare, Iago.   Abbraccia Emilia.

IAG.   Affè, con essa
Libero usate pur; sazio n'andreste
In un giorno, com'io.

CAS.   Signora, è dessa
Soldato più che cortigiano ; e giova
Perdonargli.

EMI.   L'incarco io non vorrei
Darvi di scriver le mie lodi, Iago.
        Segue Desdemona, che va presso il porto dando al Cassio
                la mano.

IAG. da, Per man la prende.
Susurrando le va! Con questa frale
Tela, o Cassio io ti colgo. Va, sorridi,
A lei sorridi pur; con la tua stessa
galanteria pigliar ti vo' : Ben dici,

gloutissent, semblaient avoir pour elle le sentiment de la beauté, et donnaient un libre passage
à la divine Desdémona.

MONT. Qui est-elle ?
CAS. La reine de notre illustre général, qui l'a
confiée à ce Iago. Son arrivée si prompte, en sept
jours seulement, devance nos pensées. Ciel, pro-
tégez Othello, et poussez sa voile de votre souffle
puissant !

SCÈNE III

DESDÉMONA, ÉMILIA, IAGO, RODRIGO,
SUITE ET LES PRÉCÉDENTS.

CAS. Voici, habitants de Chypre, le trésor du
navire est descendu sur le rivage ; courbez-vous à
sa présence. Salut, ô noble femme, que la faveur
du ciel vous entoure et vous suive.

DES. Je vous rends grâce, brave Cassio ; quelles
nouvelles avez-vous à m'apprendre de mon seigneur?
CAS. Il n'est pas encore arrivé; et je ne sais
autre chose si ce n'est qu'il est sauf et arrivera
bientôt.

DES. Cependant je crains... Comment avez-vous
été séparé de lui?
CAS. La lutte furieuse de la mer et du ciel sépa-
rait nos navires... Mais écoutez... Une voile...
VOIX A L'INTÉRIEUR. Une voile!
                On entend des coups de canon.

1er OFF. Ils saluent le château, ce sont donc de
nouveaux amis.
CAS. Va t'en enquérir. (L'officier sort.) Cher enseigne, soyez le bienvenu. (A Iago.) Et vous, madame (A Émilia.), ne vous choquez pas de l'accueil
franc d'un homme de mer.
                        Il embrasse Émilia.

IAG. Ne vous gênez pas avec elle; vous en seriez
rassasié en un jour comme moi.

CAS. Madame, il est plutôt soldat que courtisan
et il faut lui pardonner.

EMI. Iago, je ne voudrais pas vous charger d'é-
crire mon éloge.
Elle suit Desdémona, qui s'approche du port en donnant la
                main à Cassio.

IAG. à part. Il lui prend la main. Mieux encore,
il lui parle à l'oreille ! Avec cette frêle toile je te
prends, Cassio. Va, souris, souris-lui. C'est avec
ta galanterie même que je veux t'envelopper. Tu
parles bien, c'est ainsi. Si ces niaiseries doivent te

È così; se del tuo vantato grado
Ti denno disbrigar siffatti lezii,
Meglio per te saria quelle tre dita
Non andar ribacciando, che ben presto
» Far potrai da maestro. Oh! un baccio ancora?
» È cortesia perfetta! Alle tue labbra
» Le dita un' altra volta? » Avvelenata
In fé, vorrei quella tua man gentile,
Per l'amor che ti porto.   Suono di tromba.

IAG.   E il Moro : è il suono
Della sua tromba; io la conosco.

CAS.   È vero.
Andiamo ad incontrarlo.

DES.   Oh gioja!

CAS.   Ei viene.

SCENA IV

I PRECEDENTI, OTELLO con seguito.

OTE., a Desd. O mia bella guerriera!

DES.   Otello mio!

OTE. Gioja dell'alma mia! mia pace e vita!
Se alle procelle ognor deve una calma
Seguir simile a questa, oh! mugghi il vento,
E la mia nave travagliata s'alzi
Su monti d'onde, poi ripiombi al fondo.
Se in quest'ora morir dovessi, pago
Morrei : tanta è la piena del contento,
Che l'oscuro mio fato egual conforto
Più non avrà.

DES. Che il nostro amore e questa
Gioja non cresca in un co' nostri giorni,
Lo tolga Dio!

OTE.   Sante del ciel potenze,
L'esaudite! A dir tanta dolcezza
Non ho parola; essa il respir mi tronca;
È soverchia la gioja. — Un baccio, e un altro!

       Bacciando Desdemona.

IAG. da sè. Or fate bella consonanza in vero!
Ma di cotesta musica le corde
Farò scattar ben io.

OTE.   Vieni al castello.
Finì la guerra, amici : in mar sommersi
Sono i Turchi. — I miei vecchi conoscenti
Di Cipro, come stan? Tu, mia dolcezza,
Nell' isola sarai la benvenuta :
Qui trovai grande amor. Ma ve, com'io
Godo di ciancie, e nel gioir vaneggio.
Vanne al porto, buon Iago, e poni mente
Allo sbarco. — Desdemona, n'andiamo.

     Partono Otello, Desdemona ed il seguito.

SCENA V

IAGO, RODRIGO.

IAG. a Rod. Tu al porto mi raggiugni; là ne vieni.
Se in petto hai core (dicon che un novizio

---

dépouiller de ton grade, il vaudrait mieux pour toi ne pas baiser si souvent ces trois doigts. En vérité je voudrais, pour l'amour que je te garde, que ta main gentille fût empoisonnée. (On entend le son des trompettes.) C'est le More, je reconnais le son de sa trompette.

CAS. C'est vrai! allons à sa rencontre.

DES. O joie!

CAS. Il vient.

SCÈNE IV

OTHELLO, avec suite, LES PRÉCÉDENTS.

OTH. O ma belle guerrière!

DES. Mon Othello!

OTH. Joie de mon âme; ma paix, ma vie. Si aux tempêtes doit toujours succéder un calme pareil, que les vents se déchaînent et que mon navire, battu par la mer, se soulève sur des montagnes de flots pour retomber dans l'abîme. Si je devais mourir maintenant, je mourrais content : et si grand est mon bonheur, que jamais je n'en aurai de pareil dans ma destinée inconnue.

DES. Que le ciel ne permette pas que notre amour et notre joie n'augmentent pas avec nos jours.

OTH. Puissances célestes, exaucez son vœu. Je ne trouve pas de mots pour exprimer mon bonheur; il coupe ma respiration. C'est trop de joie. Donne-moi un baiser, et un autre encore.

      Il embrasse Desdémona.

IAG. à part. Faites un bon accord maintenant; mais je ferai bien détendre les cordes de cette musique.

OTH. Viens au château. La guerre est finie, mes amis; les Turcs furent engloutis par la mer. Mes vieilles connaissances de Chypre, comment se portent-elles? Toi, ma bien-aimée, tu seras la bienvenue dans l'île: j'ai trouvé ici un grand amour; mais vois comme je me plais à jaser, et je délire dans ma joie. Cher Iago, va au port et prends soin du débarquement. Desdémona, partons. (Ils sortent, excepté Iago et Rodrigo.)

SCÈNE V

IAGO, RODRIGO.

IAG. à Rodrigo. Viens me rejoindre au port. Si tu as un cœur dans ton sein, écoute-moi, car on

spasimante d'amore ha miglior tempra),
Ascoltami. Vegliar Cassio stanotte
Deve alla guardia : ma ciò sappi in pria ;
Desdemona è di Cassio innamorata.
  ROD. No, possibil non è. Di lui?
  IAG.   Così
Il dito sulla bocca, e lascia dire
A chi ne sa. Nota con quanto ardore
Ella del Moro s'accendesse ; e solo
Per quel suo millantar, per le narrate
Fantastiche menzogne. Amarlo sempre
Per tai ciancie potrà ? Prudente bada
Di darvi fé. Di pascersi han bisogno
Gli occhi suoi; ma qual può trovar diletto,
Un demonio guardando? A destar nuova
Fiamma in affetto faticato, vuolsi
L'avvenenza degli anni e del costume
E di bellezza simpatia; ma tutto
Tutto manca nel Moro; e ciò scorgendo
Desdemona dovrà del delicato
Suo sentimento ravvisar l'inganno;
Di qui il fastidio, il disamore, e poi
L'abborrimento; a far novella scelta
Natura istessa a lei sarà maestra,
Ciò messo innanzi, amico (e questo, è credi,
Un acuto argomento, che non falla),
Chi si trova più presso a tal ventura
Di Cassio, quel compar volubil tanto
Che la sua coscienza adopra appena
Qual maschera dei modi e dell' aspetto,
Per far sue voglie? Chi? nessun, nessuno.
Quel tristo coglier sa la palla al balzo,
Sa girar d'occhi da mostrar l'impronte
Di qualunque virtù che mai non ebbe
È un demonio alla fin; bello, per giunta,
E giovine; e fornito appien di quanto
Adeschi i cor più teneri e inquieti,
Schiuma de tristi, peggior della peste;
Già la donna n'ha il saggio.
  ROD.   In ver, non posso
Creder questo di lei, si benedetta
Della natura.
  IAG.   Benedetta, lei?
Il vin che bee, sugo è del grappo. S'ella
Fosse stata si santa, non avrebbe
Amato il Moro. Benedetta ? Eh via!
Non la vedesti lisciar con la palma
La mano di colui ? non la vedesti ?

  ROD. Si, ma per mera cortesia.
  IAG.   [Per mera
Voglia lasciva; io tel so' dir, per questa
Mia mano, di pensieri occulti e turpi
Fu l'indicio, il preludio. Si d'appresso
Si tenner colle labbra che i respiri
Si confusero in un. — Sozzi pensieri,
Rodrigo! Lascia pur ch'io ti governi.
Qui da Venezia ti condussi; a guardia
Sarai sta notte: io ti darò il comando.
A Cassio tu se ignoto; il destro cerca
Di morderlo, e parlando in alto tuono,

dit qu'un novice en amour est de meilleure trempe.
Cassio doit veiller cette nuit à la garde ; mais avant
tout sache que Desdémona est éprise de lui.

  ROD. De lui? Non, cela n'est pas possible.
  IAG. Tiens ainsi le doigt sur la bouche et laisse
dire à qui en sait davantage. Remarque avec
quelle violence elle s'est éprise du More, et seulement pour ses vanteries et pour les mensonges
bizarres qu'il lui débitait. Pourra-t-elle l'aimer
toujours pour de telles fadaises? Garde-toi d'y
ajouter foi. Elle a besoin de satisfaire ses yeux,
mais quel plaisir peut-elle éprouver en regardant
un tel monstre? A allumer une nouvelle flamme
dans un amour fatigué, il faut la gentillesse des
années et des manières, et la sympathie de la
beauté, et tout manque chez le More. Desdémona,
voyant cela, doit apercevoir l'erreur de son sentiment délicat. De là l'ennui, la désaffection, et ensuite la haine. La nature même lui apprendra à
faire un nouveau choix. Or, une fois cela admis,
et, crois-moi, mon ami, c'est un argument qui ne
manque jamais, qui, plus que Cassio, est près
d'une telle aventure; cet homme volage, qui se
sert de sa conscience à peine comme un masque
de ses intentions, ainsi que de sa figure pour réa-
liser ses désirs! qui donc? personne; et ce malheureux sait saisir l'occasion. Il sait rouler les
yeux de manière à montrer toutes les vertus qu'il
n'a pas. Le dernier des malheureux, pire que la
peste, il séduit les cœurs les plus tendres et les
plus troublés : cette femme en a déjà fait l'essai.

  ROD. En vérité, je ne puis pas croire cela d'elle,
si privilégiée par la nature.

  IAG. Rodrigo, laisse-toi gouverner par moi. Je
t'ai conduit ici de Venise : tu monteras la garde
cette nuit ; je te donnerai les ordres. Tu n'es pas
connu de Cassio; cherche l'occasion de le blesser,
soit en parlant avec hauteur, soit en te moquant

O i cenni suoi pigliando a giuoco, o come
N'avrai pretesto.

    ROD.   Bene sta.

    IAG.   Colui
È violento, ratto all'ira ; e dove,
Provocato, su te levi la mano,
Basterà, perch'io spinga tutta Cipro
Alla rivolta ; e per tornarla in pace
Verrà Cassio sbandito : in cotal guisa
Riman corto viaggio al tuo desire,
Senz' inciampo. Fuor questa, altra speranza
Non v'è.

    ROD.   La buona occasion mi trova,
E il farò.

    IAG.   Te ne son mallevadore.
Vieni fra poco nella rocca : intanto
Deggio far che si sbarchi il suo corredo.
A rivederci.

    ROD.   Addio.

                               Parte.

SCENA VI

IAGO, solo.

    IAG.   Che Cassio l'ami
Credo; ch'essa d'amor lo paghi, è cosa
Acconcia e di fé degna. Un' alma ha il Moro, —
Bench'io l'abborra oltre ogni dir, — costante
Alta, amorosa ; egli è senza alcun dubbio,
Il marito, a Desdemona più caro.
E costei l'amo anch'io, ma d'altro amore,
D'amor che faccia mia vendetta sazia :
Poich'ho vivo il sospetto, che quel Moro
Abbia fatta sua brama in casa mia.
Questo pensier le viscere mi rode,
Come arsenico fosse ; e nulla mai
Nè può, nè debbe farmi pago il core,
Finché con me nol veggo andarne a pajo,
Moglie per moglie, o almen, se a tanto io manchi,
Fin che nol traggo a gelosia sì fiera
Che ragion più nol sani. A cotal fine,
Se quel magno seguglio di Venezia
Ch'io qui sguinzaglio in caccia, il fermo tiene,
Il lepretto sarà cotesto nostro
Michel Cassio ; denigrarlo poi
Presso al Moro io saprò, con tutto garbo :
Anzi farò che il Moro a me dia grazia,
M'ami e m'abbia mercè d'avergli messa
Sulle spalle tal soma, e la sua piena
Pace mutata in frenesia. — Qui dentro
Il tutto stà, ma pur confuso ; il volto
Malizia non disvela innanzi all'opra.   *Parte.*

SCENA VII

UN ARALDO con un bando ; CITTADINI lo seguono.

    ARA. E piacere d'Otello, il duce nostro,
Che per lo certo avviso della rotta
Del navile ottomano, ogni abitante

---

de ses ordres, soit sous un prétexte quelconque.

    ROD. C'est bien.

    IAG. Il est violent et prompt à la colère, et il suffira que, provoqué, il lève la main sur toi, pour que je pousse Chypre à la révolte. Pour l'apaiser on bannira Cassio : de telle manière reste un court voyage à ta passion et sans obstacles. En dehors de celle-ci, il n'y a pas d'autre espérance.

    ROD. Procure-moi une occasion favorable, et je le ferai.

    IAG. Je t'en réponds. Viens bientôt au château. En attendant, je dois faire débarquer ses équipages. Au revoir.

    ROD. Adieu.

                              Il sort.

SCÈNE VI

IAGO, seul.

    IAG. Je crois que Cassio l'aime, et qu'elle le paye de retour ; c'est une chose naturelle et digne de foi. Le More, quoique je le déteste autant que possible, est doué d'une âme constante, haute et aimante ; il est, sans aucun doute, le mari le plus tendre à Desdémona. Moi aussi, j'aime celle-ci, mais d'un autre amour, d'un amour qui puisse assouvir ma vengeance, puisque j'ai un vif soupçon que ce More ait fait une injure chez moi, cette pensée me déchire les entrailles comme de l'arsenic, et rien désormais ne peut, ni ne doit contenter mon cœur jusqu'au moment où je le verrai à mon niveau, jusqu'à ce qu'il sente une jalousie si furieuse que la raison ne puisse l'en guérir. Et à telle fin, si ce maigre limier de Venise que je lance ici en chasse, tient ferme, notre Michel Cassio sera le levrant ; je saurai ensuite le perdre adroitement auprès du More, et je ferai même que le More me remercie, m'aime, et me soit reconnaissant de l'avoir chargé d'un tel fardeau et d'avoir changé sa paix en fureur. Le tout est là, mais confusément. Que le visage ne découvre pas de malice avant d'agir. (*Il part.*)

SCÈNE VII

UN HÉRAUT, avec un ban ; CITOYENS qui le suivent.

    LE HÉR. C'est le plaisir d'Othello, notre chef, que pour la nouvelle certaine de la défaite de la flotte ottomane, tout habitant ait sa part au triom-

Abbia parte al trionfo, a danze, e fuochi
Qual più gli torni a grado. Insieme a tali
Propizie nuove, annunzia pur la festa
Delle sue nozze, e proclamar fa il bando
Che, aperte del castello le dispense,
Concede a tutti libertà di festa
Dall' ora del tramonto a tarda notte.
Il Ciel protegga l'isola di Cipro
E il nobil nostro comandante Otello.

SCENA VIII

OTELLO passa nel fondo con CASSIO.

OTE. Buon Michele, voi stesso in questa notte
Veglierete alla guardia : a noi conviene
Del servigio onorato esser maestri,
Non obbliarlo ne' sollazzi.

CAS.   Iago
N'ebbe consegna; non di manco, io stesso
Cogli occhi miei vigilerò su tutto.

OTE. Iago è specchio d'onestà. Michele,
Buona notte. Doman parlarvi deggio,
Desto appena.   Parte Otello.

SCENA IX

CASSIO, poi IAGO.

CAS.   Tu, Iago? benvenuto.
Convien che andiamo per la guardia

IAG. .   Come?
Luogotenente! non è questa l'ora :
Non son le dieci ancor : ne diè commiato
Per tempo il capitan, sol per amore
Di Desdemona sua; nè maraviglia
Dee farti che, per essa, ei n'abbandoni
Innanzi l' ora.

CAS.   E' un fior di gentilezza.
IAG. Un saporito ninnolo.
CAS.   Ah! non vidi
Più fresca e dilicata creatura.

IAG. Quali occhi ! è par che i più dolci desiri
Chiami a raccolta.

CAS.   E' vero; seducenti!
Son quegli occhi, ma in un così modesti!
IAG. E allor che parla, non disfida amore?

CAS. Cosa, in vero, perfetta.
IAG.   Oh! lor felici!...
Ma via n'andiamo, amico; un buon fiaschetto
In is serbo, e due valenti Cipriotti.
Che vorrian bere un sorso alla salute
Del nero Otello.
CAS.   Ma non già stannotte,
Buon Iago : per chiacer, troppo ho il cervello
Infralito; vorrei che cortesia.

phe, aux danses, aux jeux, ce qui lui fera plus
plaisir. Avec ces heureuses nouvelles, il annonce
aussi la fête de ses noces, et il fait proclamer le
ban que les portes du château sont ouvertes; il
accorde à tous liberté de fête depuis l'heure du
couchant jusqu'à la nuit avancée. Que le ciel pro-
tège l'île de Chypre et notre noble commandant
Othello.

SCÈNE VIII

OTHELLO, passe dans le fond avec CASSIO.

OTH. Bon Michel, cette nuit, vous veillerez
vous-même à la garde; il faut que nous soyons
maîtres du service honoré et ne pas l'oublier dans
les plaisirs.

CAS. Iago avait la consigne; néanmoins, je
veillerai moi-même sur tout.

OTH. Iago est le miroir de l'honnêteté. Bon-
soir, Michel. Demain, je dois vous parler aussitôt
éveillé.   •   Il part.

SCÈNE IX

CASSIO, puis IAGO.

CAS. Toi, Iago, soit le bienvenu; il faut que
nous nous rendions à notre garde.

IAG. Quoi! lieutenant, ce n'est pas l'heure, il
n'est pas encore dix heures; le capitaine nous a
congédiés de bonne heure, seulement par amour
de sa Desdémona, et il ne faut pas s'étonner que
pour elle il nous abandonne avant l'heure.

CAS. Elle est la fleur de la beauté.

IAG. C'est un charmant rien.

CAS. Je n'ai jamais vu une créature plus fraîche
et plus délicate.

IAG. Quels yeux! ils paraissent faits pour con-
centrer tous les désirs.

CAS. Il est bien vrai, ces yeux sont séduisants,
mais modestes en même temps.

IAG. Et lorsqu'elle parle, ne défie-t-elle pas
l'amour?

CAS. Elle est, en vérité, un être parfait.

IAG. Oh! qu'ils sont heureux! Mais allons, mon
ami, j'ai une bonne bouteille de vin et deux Cypriotes qui voudraient boire un coup à la santé
du noir Othello.

CAS. Mais pas cette nuit, cher Iago. Pour trop
balivernes, j'ai le cerveau affaibli. Je voudrais que
la courtoisie pût inventer d'autres amusements.

D'altro spasso miglior fosse inventrice.

IAG. Eh via! son nostri amici; un sol bicchiere;
Berrò ben io per voi.

CAS. Sol uno in questa
Sera ne bebbi, ed anco alla furtiva,
Adacquato; eppur vedi il mutamento
Che in me già fece : No! di ber soverchio
Io non m'arrischio.

IAG. Galantuomo, è notte
Di tripudio codesta : i valorosi
Il braman tutti.

CAS. Dove son?

IAG. Qui presso
Alla porta : ven prego, ei vengan tosto.

CAS. Mi spiace; ma il farò

Cassio parte.

IAG, solo un istante. Se un' altra tazza,
Posso fargli versar sul vin che bebbe,
Ei sarà presso arruffato e stizzoso
Come un cagnuol di dama. Intanto, l'altro,
Quello scempio Rodrigo, a me l'amore
Travolse la celloria, ha rinnovate,
In onor di Desdemona, non poche
Libazioni; e la guardia or tocca a lui.
Tre Cipriotti, puntigliosi e fieri,
Veri campion dell' isola guerriera,
Avvinazzai con ben ricolme coppe;
E son di guardia anch'essi. Ora in tal gregge
Di briaconi, il nostro Cassio a qualche
Atto i' penso aizzar che Cipro offenda...
Vengono appunto. Oh! se l'effetto segue
A quel che veggo in fantasia, col vento
E la marea, veleggera, mia barca.

SCENA X

CASSIO, MONTANO ed altri UFFICIALI
ed I PRECEDENTI.

CAS. In fè, m' han fatto tracannar già troppo.

MONT. Un nulla, eh sia! non più d'una misura,
Da soldato ch'io sono.

IAG. Olà, del vino Canta.
« Il tintinnabolo — lascia sonar :
» Del tintinnar — non ti curar!
• Un uomo anch' esso, non è il guerrier?
» Non è la vita soffio legger?
» Dunque il guerrier — vuoti il bicchier !
Olà, del vin, garzoni. Ei reca del vino.

CAS. È, per lo cielo!
Sublime la canzone.

IAG. In Inghilterra,
L'imparai; nel cioncar sono gl' Inglisi
I più potenti in tutto il mondo.

CAS. Viva
Il capitano! Beve.

MONT. Anch'io ti fò ragione. Beve.

IAG. (Canta.) » Fu re Stefano un gran potentato;
» Che i briaconi pagava un ducato

IAG. Allons, ce sont de nos amis; moi aussi, je
boirai un seul verre pour vous.

CAS. Je n'en ai bu qu'un seulement, ce soir,
et même furtivement et avec de l'eau; cependant,
tu peux bien voir le changement qu'il a déjà opéré
en moi. Non, je ne me hasarderai pas de boire
beaucoup.

IAG. C'est une nuit d'allégresse, et tous les
braves le demandent.

CAS. Où sont-ils?

IAG. Ici, tout près de la porte ; faites-les en-
trer, je vous en prie.

CAS. Cela m'est désagréable, mais je le ferai.

Il sort.

IAG, seul un instant. Si je puis lui faire verser
encore une tasse sur le vin qu'il a bu, il sera
aussitôt aussi colère et hargneux que l'épagneul
d'une dame. En attendant l'autre, cet imbécile de
Rodrigo, dont l'amour a égaré la raison, a renou-
velé de nombreuses libations en l'honneur de Desdémona, et la garde est à lui. Trois Cypriotes
pointilleux et fiers, vrais champions de cette île
guerrière, que j'ai enivrés à demi par des coupes
bien remplies, sont-ils aussi de garde. Or, au milieu de ce troupeau de pigeons, je me propose de
pousser Cassio à quelque acte qui offense l'île de
Chypre. Justement, ils arrivent. O si l'effet de ce
que j'ai dans mon esprit suivra, ma barque cin-
glera avec le vent et la marée.

SCÈNE X

CASSIO, MONTANO, OFFICIERS
ET LES PRÉCÉDENTS.

CAS. Sur ma foi, tu m'as déjà fait trop boire.

MONT. C'est un rien : pas plus d'une demi-
bouteille, foi de soldat.

IAG. Du vin, holà. (Il chante.) *Laisse résonner
les verres et ne te préoccupe pas du bruit. Le guerrier lui aussi est un homme.* Que le guerrier donc
vide le verre. Holà! garçons, du vin.

On apporte du vin.

CAS. Par le ciel! ta chanson est sublime...

IAG. Je l'ai apprise en Angleterre; les Anglais
sont les plus puissants du monde pour s'amuser...

CAS. Vive le général! Il boit.

MONT. Je vous fais raison. Il boit.

IAG, chantant. Le roi Étienne était un grand
potentat, qui payait ses habits un ducat; il les

» Troppo care trovolle d'un soldo,
  » E al sartore gridò; Manigoldo!
» In signor di gran fama e corteo :
  » Tu non sei che un tapino plebeo.
» Così sfascia superb a ogni stato :
  » Tienti dunque il mantel bucherato. »
Olà, del vino!

IAG. Veux-tu que je la répète ?

CAS.   Questa è ancor più bella.

IAG. Ch'io la ripeta ?   [è indegno

CAS. (con qualche indizio d'ebbrezza) No : del grado
Chi adopra in questa guisa... Or bene... il cielo
E' sopra tutti... ma vi son quaggiuso
Anime che n'andranno a salvamento,
Ed anime che andranno in perdizione.

IAG. È vero.

CAS.   In quanto a me, senza far torto
Al Capo, o ad altri, io spero d'esser salvo.

IAG. E anch'io.

CAS.   Non già, messere a me dinanzi.
È giusto che si salvi anzi all' alfiere
Chi all' alfiere commanda. Ma, di questo.
Non più... si faccia il dover nostro : il cielo
Ne rimesta i peccati. Alla sua voce
Vada or ciascun • né si creda che brillo
Io sia : quello è l'alfier, questa è la destra,
La manca è questa. — Non son già briaco...
Mi reggo in piedi, e parlo bene!

TUT. (ridendo),   È vero.

CAS. A meraviglia; andrò, per cento passi,
Sempre diritto!   Parte.

MONT.   Allo spianato, amici ;
È si pongan le scolte.

                Partono gli altri Ufficiali.

SCENA XI

IAGO, MONTANO; poi RODRIGO.

IAG.   Quel compars
Vedesti? è tal che di Cesare a paro
Saria nelle battaglie; e pur tu il vedi
Ha tal diffetto; un equinozio vero
Di sua virtù; l'un dura quanto l'altra.
Proprio è peccato. temo che la fede
Che Otello ha in lui, non ponga, in qualche accesso
Del suo mal, tutta l'isola in periglio.

MONT. E' il suo costume?

IAG.   E' il suo preludio al sonno,
Il giro delle sfere in sul quadrante
Ei vedrebbe due volte, ove l'ebbrezza
Nol veniase a cullar.

MONT.   Cosa opportuna
Mi sembra farne accorto il capitano.

IAG. (vedendo Rodrigo avvicinarsi gli va incontro e gli
                parla sommesso,)
Che, Rodrigo? voi qui?... ratto seguite
Casalo, correte; orsù. Sarebbe ciaceto.

---

trouva trop cher d'un sou, il traitait son tailleur de
fripon. Il fut un seigneur de beaucoup de renommée et eut une cour nombreuse; toi, tu n'es qu'un
malheureux plébéien. Ainsi l'orgueil dissout tout
état; garde donc ton manteau troué... Holà! du
vin...

CAS. Cette chanson est encore plus belle.

IAG. Veux-tu que je la répète ?

CAS, avec des marques d'ivresse. Non : celui qui
agit de la sorte est indigne de son grade. Eh bien!
le ciel est au-dessus de tous. Mais ici-bas, il y a
des âmes qui se sauveront; d'autres qui se per-
dront.

IAG. C'est vrai !...

CAS. Quant à moi, sans faire tort au général,
ou à qui que ce soit, j'espère d'être sauvé.

IAG. Et moi aussi.

CAS. Non pas, seigneur, avant moi. Il est juste
que celui qui commande à l'enseigne se sauve
avant l'enseigne. Mais qu'il n'en soit plus ques-
tion, faisons notre devoir, et que le ciel nous pardonne nos fautes. Que chacun aille à ses fonctions,
et qu'on ne croie pas que je sois en pointe du vin.
Celui-là est l'enseigne; celle-ci est ma main droite
et cette autre est la gauche. Je ne suis pas ivre,
je me tiens sur mes jambes et je parle bien.

TOUS, en riant. C'est vrai.

CAS. A merveille!... Je ferai cent pas toujours
droit.   Il sort.

MONT. Allons sur l'esplanade, mes amis, et qu'on
place les sentinelles.

                Les autres officiers partent.

SCÈNE XI

IAGO, MONTANO, ensuite RODRIGO.

IAG. Voyez-vous cet homme? il serait l'égal
de César dans les batailles; cependant il a ce défaut ; un véritable équinoxe de sa vertu, car l'un
dure autant que l'autre. Je le regrette bien. Je
crains que la confiance qu'Othello a placée en lui
n'expose cette île entière à quelque danger dans
un accès de son mal.

MONT. Est-ce bien son habitude?

IAG. C'est son prélude au sommeil; il verrait
deux fois le tour des aiguilles sur le cadran, si
l'ivresse ne venait le bercer.

MONT. Il me paraît bien utile d'en avertir le général.

IAG, voyant approcher Rodrigo, va à sa rencontre ;
lui parle à l'oreille. Et quoi, Rodrigo, vous ici? Sui-
vez bien vite Cassio ; allons, courez!

MONT., senz'accorgersi di ciò che disse Iago a Rodrigo
Il fargliene parola.

IAG.   Io no, davvero.
Amo Cassio, e non so quanto farei
Per vederlo guarito. Oh! date orecchio;
Qual romor?

SCENA XII

CASSIO seguendo RODRIGO e I Precedenti.

CAS. Tu furfante! tu vigliacco!

MON. Che fu?

CAS. Farmi il maestro, farmi? A capofitto
Ti albergo entro una botte.

ROD.   Tu?

CAS.   Ribaldo!

MONT. No, no, luogotenente

                              Trattenendolo.

CAS.   Mi lasciate,
O vi sfregio.

MONT.   Ma via! siete briaco?

CAS. Io briaco!...   Si battono.
                        [dico, va fuori!

IAG., sotto voce a Rodrigo che si ritira. Va fuor,
Grida : accor' uom. (A Cassio.) Deh che fate, o mio
Luogotenente?... Ohimè? seri, soccorso!
Ser Montano?... soccorso! In fede mia   [suona
Che bel corpo di guardia! (Suona a stormo.) Ed or, chi
A stormo? desteran! la città intera. —
Cessate, ohibò! non sia tanta vergogna.

SCENA XIII

OTELLO con seguito e I Precedenti, poi DESDEMONA.

OTE; Che avvenne?

MONT.   Scorre il sangue mio : ferito
A morte io son... Che muoja ei pur!

OTE.   Ternate.
Se la vita vi cal.

IAG.   Messer Montano.
Cessate via! dovere, onore, udite
E' il capitan che parla, — giù le spade!

OTE. Che fu? Donde il litigio? Siam noi Turchi
Per far contro di voi ciò che lor tolse
Il ciel? Per l'onta del nome cristiano,
Fine al barbaro scontro! A quel di voi,
Che un solo passo muova, nulla cale
Dell' anima; un sol moto, ed egli è morto.
Fate tacer la squilla, che spaura
L'isola tutta. Che fu dunque? dite :
E tu che, per cordoglio, morir sembri,
Onesto Iago, dì; chi mai fu il primo?

IAG. Non so nulla; pur ora amici, e accolti
Nel quartiere e concordi al par di due
Sposi novelli. E al punto istesso, come

MONT, sans s'apercevoir de ce que Iago vient de dire à
Rodrigo. Il serait convenable de l'en avertir.

IAG. Moi? En vérité non! J'aime Cassio et je
ne sais pas ce que je ferais pour le voir guérir. (On
entend du bruit.) Mais écoutez ce bruit.

SCÈNE XII

LES MÊMES, CASSIO, poursuivant RODRIGO.

CAS. Toi, fripon! toi, lâche!...

MONT. Qu'y a-t-il?

CAS. Me donner des leçons?... Je veux te châtier,
t'écraser!...

ROD. Toi?...

CAS. Misérable!...

MONT. Ah! non, seigneur Cassio...

                              En le retenant

CAS. Laissez-moi, ou je vous balafre.

MONT. Allons, vous êtes ivre!...

CAS. Moi! ivre!...

                              Il se battent.

IAG, à part, à Rodrigo. Sors, sors donc, te dis-
je, et crie au secours. (A Cassio.) Que faites-vous?
Hélas! au secours... Seigneur Montano... Au secours! Sur ma foi, quel joli corps-de-garde! Et
maintenant, qui est-ce qui réveille la ville entière
par les cris et le tumulte?... Fi donc, cessez, et
qu'une honte si grave n'ait pas lieu.

SCÈNE XIII

OTHELLO, avec suite et les Précédents, puis DESDÉMONA.

OTH. Qu'est-il arrivé?...

MONT. Tu vois couler mon sang; je suis mortellement blessé. Que lui aussi il meure...

OTH. Arrêtez, si vous tenez à la vie.

IAG. Seigneur Montano, cessez donc, écoutez la
voix du devoir et de l'honneur... C'est le général
qui vous parle... Baissez les épées.

OTH. D'où vient donc cette querelle? Êtes-vous
Musulmans pour faire contre vous ce que le ciel
leur a épargné?... Pour l'honneur de Venise, mettez un terme à ce combat barbare. Quiconque fera
un pas de vous deux ne tient pas à la vie, car au
premier mouvement il est mort. Qu'est-il donc arrivé? Et toi, honnête Iago, qui paraît si frappé de
douleur, dis-moi qui a été l'agresseur?

IAG. Je ne sais rien... Tout à l'heure ils étaient
bons amis, réunis ensemble au quartier comme
deux nouveaux mariés. Et au même moment,

Di senno usciti per maligno influsso,
Sguainate le spade, al sangue corrono :
Non saprei dir come la rea contesa
Incomincio; così perduto in guerra
Avessi il piede che m'ha qui condotto.

OTE. Così obbliaste voi medesmo, o Cassio ?

CAS. Grazia io vi chiedo ; ma parlar non posso.

OTE. Voi sempre foste di gentil costume,
Degno Montano ; tenne il mondo in pregio
La grave e mite giovinezza vostra ;
E gittaste tal fama onde aver nome
Di spadaccin notturno? respondete.

MONT. Grave è la mia ferita, illustre Otello ;
Quel ch'io mi sia, può farvi aperto Iago ;
Crescer parlando gli spasmi io sento...
Ma, ch' io sappia, non dirvi, o feci cosa
Onde mi penta, ove non sia delitto
Amar la vita, e schermirla dall' ire
Violente d'altrui.

OTE.   Già, per il cielo
Sento che il sangue la ragion m'offusca ;
Se un passo, io movo, levo il braccio, il mio
Sdegno, qual già di voi più forte, atterra.
Saper vo'la cagion del tristo alterco
E chi l'autor ne fu ; colui ch'è reo,
S'anco, abbracciato meco, del medesmo
Grembo materno uscisse, ei m'ha perduto.
In tal città di guerra, ove paura
Frabocca in cor dè cittadini, in mezzo
Della notte, domestiche contese
Far nel luogo di guardia e di difesa,
E' mostruoso eccesso. — Or dunque, Iago,
Chi primo fu ?

MONT.   Se mai, tu per ufficio
D' amistà dici più del vero, o manco,
Non sei soldato.

IAG.   Sul vivo mi tocchi.
Sveller la lingua io vò, pria di ferirne
Michele Cassio. Ma, dicendo il vero,
Ne vò convinto, a lui non reco offesa.
Capitan, tale è il fatto. Io, con Montano
Qui parlava, quand'ecco si precipita
Gridando aita un uom fra noi, lo siegue
Cassio col ferro in pugno ; a lui s'avventa
Montano, e tenta di frenarlo ; io stesso
Con questo nobil sere impedir corso
Che il suo clamor non dessi alto spavento.
Ma il furibondo il mio disegno eluse ;
S'urtan le spade, e Cassio rompe in tale
Imprecar, ch'io dà lui mal non intesi
Prima di questa notte. Quand'io giunsi,
Che tutto fu un istante, eran già stretti
In fiero assalto. Dir di più non posso
Ma l'uomo è uomo ; ed il miglior talvolta
Perde se stesso. Un moto, un gesto...

comme s'ils avaient égaré la raison sous un charme
maléfique, ils ont tiré l'épée et se sont laissés aller
au sang. Je ne saurais pas vous dire comment la
coupable querelle a commencé. Ah! j'aurais mieux
aimé perdre dans la guerre le pied qui m'a conduit ici.

OTH. Comment avez-vous pu vous oublier ainsi,
Cassio?...

CAS. J'implore votre pardon ; mais je ne puis
pas parler.

OTH. Digne Montano, vous avez toujours été de
manières charmantes, le monde a admiré votre
grave et douce jeunesse ; avez-vous donc rejeté
une si belle réputation pour avoir celle d'un spa-
dassin nocturne ?... Répondez-moi.

MONT. Ma blessure est grave, illustre Othello.
Iago peut vous apprendre ce que je suis ; en parlant, je sens augmenter mes souffrances, mais je
ne sache pas avoir rien dit ou fait dont j'aie à me
repentir, à moins que ce soit un crime que d'aimer
la vie et la défendre contre la colère violente
d'autrui.

OTH. Je sens déjà, par le ciel, que le sang me
trouble la raison. Si je fais un pas, si je lève un
bras, ma colère frappera celui qui est le plus fort
de vous. Je veux savoir la cause de cette triste
querelle, et celui qui en fut l'auteur. Le coupable,
fût-il même sorti avec moi du même sein mater-
nel, il m'a perdu. Dans cette ville guerrière, où la
peur déborde dans le cœur des citoyens, c'est un
excès monstrueux de se livrer au milieu de la nuit
à des querelles privées au lieu de faire bonne
garde... Voyons donc, Iago, qui a été le premier ?

MONT. Si jamais, par amitié, tu diras plus ou
moins de la vérité, tu n'es plus un soldat.

IAG. Tes paroles me touchent au vif ; je voudrais
m'arracher la langue avant d'en blesser Michel
Cassio. Cependant, général, en disant la vérité, je
suis convaincu que je ne lui ferai pas de tort. Voici
le fait: Je causais ici avec Montano, lorsque un
homme se précipite au milieu de nous en criant au
secours. Cassio le poursuit l'épée à la main ; Montano se jette sur lui et tente de l'arrêter ; moi-même,
avec ce noble seigneur, je tâche d'empêcher que
ses clameurs ne viennent soulever une grande
frayeur, mais ce furieux éluda mon dessein, les
épées se rencontrent, et Cassio éclate en si graves
imprécations, que jamais, avant cette nuit, je ne
les avais entendues. Lorsque j'arrivai, car ce fut
l'affaire d'un instant, ils étaient déjà engagés dans
un fier combat. Je ne puis pas en dire davantage.
Mais l'homme est l'homme, et le meilleur, quelquefois, se perd lui-même... Un mouvement, un
geste...

OTE.   Io vedo,
Iago, che amore, ed onestà t'induce
A mostrar lieve di Cassio la colpa. —
T'amo, o Cassio, ma tu più non sarai
Ufficial mio.
     Entra Desdemona con seguito.
    Vedi, turbata anch'essa
La mia diletta, si levò. M'è forza
Dare un esempio in te,
  DES.   Che accadde, amico?
 OTE. Già tutto è in calma. (A Montano.) Io stesso
       [medicarvi
Saprò : Di qui voi lo recate intanto
In altra parte. Attento movi, Iago,
Ad acchetar nella città chi forse,
Per quest'alterco, da sgomento è presso.
O Desdemona, vieni! aver da risse
Rotti i soavi sonni, ecco il destino
Dell' uom di guerra. —
   (Partono tutti tranne Iago e Cassio,.)

SCENA XIV

IAGO, CASSIO.

IAG., a Cassio che s'appoggia sulla sua spada. Voi ferito
       [siete ?
 CAS. Il sono e più non v'ha chi mi risani.

 IAG. Lo tolga il ciel!
 CAS.   La fama! ohimè, la mia
Fama perduta! la cara e immortale
Parte di me medesmo io la perdei,
E l'abbietta mi resta. Oh! la mia fama,
Iago, la mia fama!
 IAG.   Da onest' uomo
Qual mi son io, credea che dir voleste
D'una piaga nel corpo : e qui v'ha senso
Ben più che nella fama; un oziosa,
Una bugiarda illusion, che senza
Merto l'acquisti, o perdi. Oh! dell' onore
Nulla hai perduto, dove in te medesmo
Non ti figuri che il perdesti. Oh! il credi,
Esser uomo bisogna; e via non mama
Che al capitano in grazia ti rimeni.
Ei t' ha cassato in suo rigor, per sola
Disciplina, non già per malvolenza :
Or vanne a supplicarlo, e tuo ritorna.

 CAS. Invocar vorrei prima il suo disprezzo
Che in tal guisa ingannar sì nobil duce,
Col servigio d'un uom, lieve com'io
E dedito all' ebbrezza. — Oh bevi, e ciarli
Tristo soldato? alterchi e bravi, e imprechi,
Ed il gradasso fai con l'ombra tua?...
A tu, spirto invisibile del vino,
Se nome altro non hai, demon ti chiamo.

 IAG. E chi inseguiste colla spada ignuda?

OTH. Je m'aperçois, Iago, que l'amour et l'honnêteté te poussent à présenter comme légère la faute de Cassio. — Je t'aime, Cassio, mais tu ne seras plus mon officier. (Entre Desdémona avec sa suite.) Tu le vois bien, ma bien-aimée, elle aussi, troublée, s'est levée de son lit. Je suis forcé de donner un exemple sur toi.

DES. Qu'est-il arrivé, mon ami?

OTH. Déjà tout est rentré dans le calme. (A Montano.) Moi-même je saurai vous soigner. Qu'en attendant on le mène ailleurs. Toi, Iago, va calmer avec soin, dans la ville, tous ceux qui ont été peut-être effrayés de cette querelle. Toi, Desdémona, viens. Avoir le sommeil interrompu par les querelles, voilà la destinée de l'homme de guerre.

Ils sortent, excepté Iago et Cassio.

SCÈNE XIV

IAGO, CASSIO.

IAG, à Cassio qui s'appuie sur son épée. Êtes-vous blessé?

CAS. Je le suis, et il n'y a personne qui puisse me guérir.

IAG. Que cela ne plaise pas au ciel.

CAS. Ma renommée, hélas ! ma renommée est perdue. J'ai perdu la partie noble et immortelle de moi-même, et il ne me reste que l'abjecte. Ma renommée, ô Iago, ma renommée!

IAG. Comme je suis un honnête homme, je croyais que tu parlais d'une blessure dans le corps; car là il y a plus d'importance que dans la renommée, laquelle est une illusion inutile et menteuse, qui se gagne et se perd sans mérite. Tu n'as rien perdu de l'honneur si tu ne t'imagines pas de l'avoir perdu. O crois-moi, il faut être certainement un homme, et les moyens pour vous remettre en grâce auprès du général ne manquent pas. Dans sa rigueur il t'a cassé simplement pour suivre la discipline, et non par malveillance. Si tu veux le supplier, il reviendra à toi.

CAS. Je voudrais plutôt implorer son mépris, que de tromper ainsi un si noble général par le service d'un homme de ma légèreté et voué à l'ivresse. Bois et babille, mauvais soldat. Cherche des querelles, pousse des imprécations et fais le vaillant avec ton ombre même. O toi, esprit invisible du vin, si tu n'as pas d'autre nom, je t'appelle démon.

IAG. Mais qui avez-vous poursuivi avec l'épée nue?

Cas. No' l so.

Iag.   Possibil mai ?

Cas.   Tutto ho confuso
Nella mente : un litigio, e nulla affatto
Della cagion. Può l'uomo aprir la bocca
Ad un nemico che gli fura il senno?
Con gioja, con diletto in mezzo al plauso,
Così noi stessi tramutiamo in bruti.

Iag. Ma in voi tornaste adesso. Or come avvenne?

Cas. L'ebbrezza all' ira cesse il luogo, in core
Così un vizio l'altro addita, e fammi
Spregiator di me stesso.

Iag.   Eh, via, voi siete
Troppo severo moralista : or giova,
Poichè quello che fu disfar non puossi,
Pensar tosto all' ammenda.

Cas.   Come ?

Iag.   Udite.
E' la moglie del duce, il duce nostro :
Così posso chiamarla, poiche a lei
Tutto sè stesso ei consacrò. Potete
Aprirvi a lei, l'importunate, ed essa
Vi darà di tornar nel grado vostro.
E' si pura e gentil, si dolce e buona
Che, non far più di quanto altri la preghi,
Un vizio in sua bontà, l'estimerebbe.
Ella può far più saldo il nodo infranto
Fra il suo consorte e voi.

Cas.   Saggio è il consiglio.

Iag. Zelo me'l detta, e onesta cortesia,
Ve'l protesto.

Cas.   Lo credo. Alla demane
Supplicherò la virtuosa donna
Che interceda per me : della mia sorte
Disperato son io, se qui m'è tronco
Il mio cammin.

Iag.   Ben dite : buona notte.
Or la veglia mi chiama.

Cas.   Onesto Iago,
Addio. (Cassio parte.)

Iag. Chi potrà dir ch'io sia d'inganni
Artefice? Un consiglio onesto e franco,
Alla ragion conforme, il sol che possa
Vincere il Moro, io diedi a lui. La bella
Desdemona non fu dal ciel creata
Benefica, siccome gli elementi
Della natura? Il trionfar del Moro,
Che mai le costa, s'ei perciò dovesse
Anco il battesmo rinnegar, con tutti
I suoi simboli e segni? Egli è si avvinto
Che ognor vuole e disvuol, come a lei piace ;
Il suo volere è Dio. Chi mai può dirmi
Ribaldo, se in tal via ch'ei tanto anela
Guidai cotesto Cassio ? O Inferno! allora
Che il demon le più nere opre comincia
Ne fa suggestion sotto celesti
Colori, al par di me. Mentre cotale

Cas. Je ne le sais pas.

Iag. Est-il possible ?

Cas. Tout est confusion dans ma mémoire; je me rappelle d'une querelle, mais rien de sa cause. L'homme peut-il ouvrir la bouche à un ennemi qui lui enlève la raison? Ainsi avec plaisir et joie, au milieu des fêtes, nous-mêmes nous nous changeons en brutes?

Iag. Mais comment se fait-il que maintenant vous rentrez en vous-même.

Cas. L'ivresse a fait place à la colère. Ainsi un défaut en découvre un autre dans le cœur, et me pousse à me mépriser moi-même?

Iag. Allons, tu es un accusateur trop sévère. Maintenant, puisqu'on ne peut pas faire que ce qui a été ne soit, il faut aussitôt songer à la réparation.

Cas. Et comment ?

Iag. Écoutez-moi. La femme du général est notre général. Je puis l'appeler ainsi, car il s'est entièrement consacré à elle. Vous pouvez vous confier à elle, importunez-la, et elle vous fera rentrer dans votre grade. Elle est si juste et si charmante, si douce et si aimable, que dans sa bonté elle croirait un défaut de ne pas faire au delà de ce qu'on lui demande. Elle peut rendre plus solides les liens qui viennent de se briser entre vous et son époux.

Cas. Ce conseil est sage.

Iag. Je vous proteste qu'il m'est suggéré par mon zèle et par une bonnête courtoisie.

Cas. Je le crois. Demain j'implorerai de cette femme vertueuse qu'elle intercède pour moi. Je désespère de mon sort, si ma carrière est ici brisée.

Iag. Vous dites fort bien. Bonne nuit. La ronde m'attend.

Cas. Honnête Iago, adieu.   Cassio sort.

Iag. Qui pourra jamais affirmer que je sois auteur de tromperies, parce que je montre à Cassio le chemin qu'il recherche avidement? Par l'enfer, lorsque le démon entreprend les œuvres les plus méchantes, il en fait la suggestion sous des couleurs divines, ainsi que je fais moi-même. Pendant que cet honnête imbécile prie Desdémona de réparer son malheur, et qu'elle emploie ses paroles chaleureuses auprès du More, je veux lui souffler à l'oreille le soupçon empoisonné qu'elle le rappelle dans un but impudique, et un soupçon suffit, et plus elle voudra lui être utile, plus elle détruira la confiance d'Othello. Ainsi sa vertu elle-même sera la glu, et sa bonté formera les filets dans lesquels je les prendrai tous. — Quoi donc, Rodrigo ?   Rodrigo entre.

Onesto alocco di rifar sua sorte
Desdemona scongiura, e ch'ella spenda
In suo prò caldi detti appresso al Moro,
A costui voglio un pestilente soffio
Nell'orecchio spirar, ch'essa il richiami
Per inonesto fin : basta un sospetto.
Quanto più di giovargli ella s'adopri
E più tutta fidanza in lui disfaccia.
Tal la virtù sua stessa sia la pece;
E sia la rete la bontà di lei
Ond' io l' impanii tutti. — E che, Rodrigo ?

                       Entra Rodrigo.

ROD. Non come veltro che la belva insegue,
Qui vengo. Asciutta è la mia borsa ; in questa
Notte m'han di soverchio malmenato.
Fatto povero adesso, e con derrata
D'esperienza tornar devo in patria. —

IAG. Tapino l'uom che non ha pazienza !
Possiamo oprar; l'ingegno, il sai, del tempo
Vuole l'indugio. Tutto a ben non volge?
Te Cassio percotea; tu, d'un leggero
Colpo a prezzo, lui perdi. Il sol di molte
Cose a rigoglio cresce; eppur la pianta
Che prima mise i fior, prima è matura.
Intanto, si raffrena. — Or vedi! albeggia :
Il piacere e l'oprar fan brevi l'ore.
Vanne, dico, e di più quindi saprai.

                          Partono.

ROD. Je ne viens pas comme le chien qui suit la bête. Ma bourse est vide : cette nuit on m'a trop maltraité, et maintenant, pauvre, je dois rentrer dans ma patrie avec une bonne dose d'expérience.

IAG. Malheureux l'homme qui n'a pas de patience. Nous ne pouvons agir qu'avec notre génie, et non pas avec l'art magique. Or, le génie est soumis aux retards du temps. Le soleil produit les choses en abondance; cependant la plante qui a fleuri la première est la première à porter des fruits. En attendant, calme-toi. Tu vois, le jour commence. Les plaisirs et l'activité abrègent les heures. Va-t-en, te dis-je, et ensuite tu en sauras davantage.   *Ils sortent*

ACTE TROISIÈME

SCENA PRIMA

Una galeria del castello.

DESDEMONA, CASSIO, EMILIA.

DES. Siate certo, buon Cassio; in favor vostro
Quanto posso io farò.

EMI.   Deh! il fate, o buona
Mia signora; di ciò s'affanna anch'esso
Il mio consorte, qual di cosa sua.

CAS. Egregia donna! Di Michele Cassio
Avvenga pur che può; voi non avrete
Che un fedel servo in lui.

DES.   M'è noto, è grazia
Vi rendo. So che amate il mio consorte
E da lunga stagion lo conoscete;
È si buono e leal, di ricomporsi
In amistà con voi, fors'egli brama
Più che noi stessi.
CAS.   Ma da tè lontano
Egli mi tiene intanto. E fino a quando?
DES. Non temete. D'Emilia alla presenza,

SCÈNE PREMIÈRE

Une galerie du château.

DESDÉMONA, CASSIO, ÉMILIA.

DES. Soyez sûr, bon Cassio, que je ferai tout ce que je pourrai en votre faveur.

EMI. Faites-le, ma bonne dame, cela afflige aussi mon époux comme si c'était sa propre affaire.

CAS. Femme généreuse! arrive ce que voudra de Michel Cassio, vous n'aurez en lui qu'un serviteur fidèle.

DES. Je le sais, et je t'en remercie. Je sais que vous aimez mon époux et que vous le connaissez depuis longtemps. Il est si bon et si loyal, et peut-être il désire plus ardemment que nous-mêmes de renouer son amitié avec vous.

CAS. Mais cependant il me tient éloigné de lui, et pour combien de temps?

DES. Ne craignez pas. En présence d'Émilia, je

Del suo perdon mi fò malevadrice.
S'io formo un voto d'amicizia, o Cassio,
Il so compir fino all' estremo; al mio
Signor non darò tregua; e colla veglia
Il domerò, di voi parlando, insino
Ch'io ne lo vegga stanco, e cosa alcuna
Far non potrà, cui non frastorni il mio
Pregar per Cassio. State lieto. Invano
Non pregherò! La protectrice vostra
Morrà, pria di lasciarvi in abbandono.

       Vedonsi Otello ed Iago in qualche distanza.

EMI. Ecco, signora, il vostro sposo.
CAS.   Io parto.
DES. Non, restate ad udir com'io gli parli ?

CAS. Ah no! troppo a disagio qui mi trova
E mal capace di giovar me stesso.

DES. Bene sta, fate ciò che meglio parvi.
                 Cassio parte.

SCENA II

DESDEMONA, EMILIA, OTELLO, IAGO.

IAG. In ver questo mi spiace!
OTE.   Che dicesti!
IAG. Nulla : pur non saprei.
OTE.   Dè', non i Cassio.
Che si diparte dalla sposa mia ?

IAG. Cassio, signor? No, certo. Affè, non credo
Ch' egli fuggirsi voglia, a un reo simile,
Veggendo voi venir.
OTE.   Ben era lui,
Cred'io.
DES. Venite, dolce amico! appunto
Io qui la prece udia di tal che oppresso
Langue nel vostro disfavor.

OTE.   Chi mai ?
DES. Chi dunque? Cassio, il tuo luogotenente.
Deh! se grazia o favore ancor mi serbi
Tosto con lui ti riconcilia. Oh! cedi!
S'ei non è tal che veramente t'ami,
Che inesperto fallia, ma non perverso,
D'uomo onesto il sembiante io non conosco :
Deh! lo richiama!

OTE.   È lui che quinci usciva ?
DES. Desso, ma fatto così tristo e umile
Che parte a me lasciò del suo cordoglio;
Ond'io soffro con lui. Diletto mio
Deh! lo richiama!
OTE.   Or no, cara Desdemona;
A miglior tempo.
DES.   Fra poco?
OTE.   Al più presto,
E per te.
DES. Dunque in questa sera a cena ?

---

me rend garant de son pardon. Si je fais un vœu d'amitié, je sais, Cassio, le remplir jusqu'au bout. Je ne donnerai pas de repos à mon époux; je le subjuguerai par les veillées, en parlant de vous jusqu'à ce que je le voie fatigué, et il ne pourra rien faire sans qu'il en soit distrait par mes prières pour Cassio. Soyez donc gai, car je ne prierai pas en vain. Votre protectrice mourra avant de vous abandonner.

       On aperçoit Otello et Iago à quelque distance.

EMI. Voici, madame, votre époux.
CAS. Je me retire.
DES. Non. Demeurez pour entendre comment je lui parle.
CAS. Ce n'est pas possible. Je suis trop mal à mon aise ici, et je suis incapable de me servir moi-même.
DES. C'est bien, faites pour le mieux.
                 Cassio sort.

SCÈNE II

DESDÉMONA, ÉMILIA, OTHELLO, IAGO.

IAG. Cela, en vérité, me déplaît.
OTH. Que dis-tu?
IAG. Rien; je ne sais pas.
OTH. Mais n'est-ce pas Cassio qui s'éloigne de mon épouse?...
IAG. Cassio! seigneur? Non, certes!... Ma foi, je ne crois pas qu'il eût voulu fuir comme un coupable en vous voyant!...
OTH. Je crois que c'était bien lui.

DES. Venez, mon doux ami!... Justement j'écoutais ici les prières de quelqu'un qui languit d'avoir encouru votre disgrâce.
OTH. Qui donc?...
DES. Qui ? Cassio, votre lieutenant... Si je possède encore vos grâces et vos faveurs, réconciliez-vous aussitôt avec lui; cédez à mes prières!... Car s'il ne vous aime pas sincèrement et s'il n'a pas commis sa faute par inexpérience, sans être pervers, je ne connais pas le visage d'un honnête homme!... Rappelez-le, je vous en prie!...
OTH. Est-ce lui qui vient de sortir?
DES. Lui-même; mais si triste et si humilié qu'il m'a laissé une partie de sa douleur; aussi je souffre avec lui... Mon bien-aimé, rappelez-le.

OTH. Tantôt, ma chère Desdémona, dans un moment plus favorable.
DES. Sous peu, n'est-ce pas?...
OTH. Au plus tôt possible, et ce sera pour toi.

DES. Donc ce soir au souper?

OTE. Non questa sera.

DES.   Or ben, domani al pranzo.

OTE. Domani in casa non sarò : a convito
M'invitar nel castello i capitani.

DES. Sia doman sera ; o martedì mattina,
O martedì al meriggio, od al più tardi
Il mercordì mattina. Oh! te ne prego,
Prefiggi il tempo ; non lasciar che passi
Il terzo giorno. Egli è pentito e il suo
E tal fallo che degno è di privata
Rampogna appena. Or quando, Otello mio,
Venirne egli potrà? Ditelo ; Io cerco
Attonita al mio cor qual vi potrei
Negar domanda, o così starmi incerta.
Che ? per quel Cassio, che con voi venia
Quando mi vagheggiaste, e tante volte,
Sol ch'io di voi con disfavor parlassi,
Piglio la vostra parte, per lui bebbo
Far tanto onde ritorni ? Oh! far potrei,
Credete, ben di più...

OTE.   Basta, ten prego :
Quand' ei vuol, venga ; nulla a te ri finto.

DES. Questo un favor non è ; sarebbe come
Se d'armavi de' guanti, o di schermirvi
Dal freddo, io vi pregassi, o d'altra cosa
Che torni buona a voi medesmor. Quando,
Avrò una prece che del vostro amore
Debba far prova, sarà cosa dura,
È grave ed ardua al compimento.

OTE.   Nulla.
Negarti vo' ; ma d'una cosa anch'io
Ti scongiuro : deh! lasciami a me stesso
Un istante.

DES.   Negar ve lo potrei ?
Addio, signor.

OTE.   Mia Desdemona, addio.
A te verrò fra poco.

DES.   Andiamo, Emilia.   A Othello.
Fate pur ciò che l'anima v' ispira ;
In tutto che a voi piaccia, io v' obbedisco.

               Parte con Emilia.

SCENA III

OTELLO, IAGO.

OTE. Ottima creatura ! ah sì ch'io vada
Se hon t'amo, perduto eternamente !
Quand'io cessi d'amarti, il caos ritorni!

IAG. Nobil signor...

OTE.   Che vuoi tu dirmi, Iago ?

IAG. Era egli noto a Michel Cassio, quando
A corteggiarla vi faceste, il vostro
Amor per la signora ?

OTE.   Sì lo seppe
Dal principio alla fin. Perchè mel chiedi ?

IAG. Oh solo per far pago un mio pensiero,
Non già per male.

OTH. Pas ce soir.

DES. Eh bien! demain donc au dîner.

OTH. Demain, je ne serai pas au logis, j'ai été
invité au château par les officiers.

DES. Que ce soit demain soir, ou mardi matin,
ou à midi ou au plus tard mercredi matin... Ah!
je t'en prie, fixe le temps, mais ne laisse pas écouler le troisième jour. Il est repentant, et sa faute
mérite à peine une réprimande privée. Quand
donc pourra-t-il venir, mon cher Otello? Je demande étonnée, à mon cœur, quelle est la demande que je pourrais vous refuser et rester ainsi
en hésitation. Quoi? pour ce Cassio qui vous
accompagnait quand vous me faisiez la cour, qui,
tant de fois, prenait votre défense lorsque je parlais défavorablement de vous, c'est pour lui que
je dois tant prier pour qu'il soit rappelé!... Oh!
croyez-moi, je pourrais faire bien davantage.

OTH. Assez, je t'en prie, qu'il revienne quand il
voudra, je ne puis rien te refuser.

DES. Celle-ci n'est pas une grâce, c'est comme
si je vous priais de mettre des gants ou de vous
garantir du froid, ou de faire tout autre chose
qui vous serait utile... Quand j'aurai à vous adresser une prière qui doive me prouver votre amour,
ce sera pour une chose dont l'accomplissement
sera dur, grave, difficile.

OTH. Je ne puis rien te refuser, mais moi aussi,
je te conjure d'une chose, c'est de me laisser un
instant à moi-même.

DES. Est-ce que je pourrais vous le refuser?...
Adieu, seigneur !...

OTH. Adieu, ma Desdémona, je te rejoindrai
bientôt.

DES. Emilia, partons. (A Othello.) Faites tout
ce que votre cœur vous inspire, je vous obéirai en
tout ce qui vous plaira.

               Il sort avec Émilia.

SCÈNE III

OTHELLO, IAGO.

OTH. Excellente créature, que je sois perdu
pour l'éternité si je ne t'aime pas!... Que le chaos
revienne quand je cesserai de t'aimer.

IAG. Noble seigneur.

OTH. Que veux-tu dire, Iago?

IAG. Michel Cassio connaissait-il votre amour
pour madame quand vous lui faisiez la cour ?...

OTH. Oui, il le connut dès sa naissance jusqu'à
la fin. Mais pourquoi le demandes-tu?...

IAG. Pour satisfaire une idée seulement, mais
sans aucun mal.

OTE.   Un tuo pensier ? qual mai ?
IAG. Non credea che n'avesse conoscenza.

OTE. Oh si ! ben ei venía fra noi sovente
IAG. In vero ?
OTE.   In vero ? certamente. Alcuna
Cosa vi scorgi ? ei non è forse onesto ?

IAG. Onesto, signor mio ?
OTE.   Si ; onesto, onesto.
IAG. Signor, per quel ch' io so...
OTE.   Su via, che pensi ?
IAG. Che penso, mio signor...

OTE.   Signor ! Che penso !
Viva Dio, mi fa l'eco ; qual se dentro
Al suo pensier fosse un orendo mostro
Che dis coprir paventa. Alcuna cosa
Tu accenni, e poco stante, allor che Cassio
La mia sposa lasciava, io dir l'intesi
Che questo a te spiacca. Che ti spiacca ?
E pur or ; quando dissi ch' ei fù sempre
Di tutti i nostri amori il confidente :
In ver ? gridasti, e corrugate insieme
S'aggrottar le tue ciglia, qual se appunto
Tu cercassi occultar nel tuo cerebro
Un orribil concetto. Se tu m'ami,
Aprimi il tuo pensier.
IAG.   Signor, che v'amo
Ben sapete.

OTE.   E 'l credo ; e perché noto
M'è che sei pieno d'onestà e d'affetto
Et le parole pesar suoli, pria
Di fidarle al respir, per ciò, cotali
Reticenze mi fan maggior terrore.
Se che in nom falso e disleal son' esse
Usate giunterie ; ma in lui ch'è retto,
Moti sono d'un cor che far governo
Non può del proprio sdegno.
IAG.   In quanto a Cassio.
Oso giurar che onesto il credo. L'uomo
Esser dovria qual sembra, o parer tale
Chi tal non è, non dovrebbe.
OTE.   È vero !
Esser qual sembra l'uom dovrebbe.
IAG.   Ond' io
Estimo Cassio onesto.
OTE.   Altro qui cova.
Via parlami, ten prego, come à tuoi
Pensieri stessi, come a ciò che dentro
Vai ruminando ; e la peggiore idea
Colla peggiore tua parola esprimi.
IAG. Signor, perdono ; benchè a voi legato
Per gli atti del dover, legato a cosa
Non sono, onde lo schiavo istesso è franco.
Come ? I pensieri miei pronunziar io ?
Ma, dite : se mai fossero fallaci,
Ed oltraggiosi ? V'ha palagio, dove
Non s'intruda talvolta ospite sozzo ?
V'ha così puro sen, dove talvolta

OTH. Une idée !... et laquelle ?...
IAG. Je ne croyais pas qu'il en eût été instruit.
OTH. Oh ! oui il venait assez souvent entre nous deux.
IAG. Vraiment !
OTH. Vraiment... Y vois-tu quelque chose ?... N'est-il pas honnête peut-être ?...
IAG. Honnête ! monseigneur !...
OTH. Honnête ! oui, honnête !...
IAG. Seigneur, autant que j'en sais...
OTH. Allons, que penses-tu ?...
IAG. Ce que je pense, seigneur !...
OTH. Ce que tu penses !... Par le ciel, il me fait l'écho, comme s'il recélait dans sa pensée quelque monstre affreux qu'il redoute de découvrir... Tu as quelque chose dans l'esprit, et tout à l'heure lorsque Cassio quittait ma femme, je t'ai entendu dire que cela te déplaisait... Qu'est-ce donc qui te déplaisait ?... Et tantôt, quand je t'ai dit qu'il avait été le confident de nos amours, tu t'es écrié : « En vérité, » et, fronçant le sourcil, tu avais l'air de vouloir cacher dans ton cerveau quelque horrible idée... Si tu m'aimes, ouvre-moi ta pensée.

IAG. Seigneur, vous savez fort bien que je vous aime.
OTH. Je le crois, et c'est parce que je sais que tu es plein d'honneur et de dévouement, et que tu pèses beaucoup les paroles avant de les confier à l'air même, que cette réticence m'effraie. Je sais que, chez un homme fourbe et déloyal, ce sont des ruses habituelles : mais en celui qui est sincère, ce sont les mouvements d'un cœur qui ne peut retenir sa colère.
IAG. Pour Cassio, je puis jurer que je le crois honnête. L'homme devrait être ce qu'il semble, et ne pas paraître ce qu'il n'est pas.

OTH. C'est vrai, l'homme devrait être ce qu'il semble.
IAG. Aussi, je crois Cassio honnête...
OTH. Il y a autre chose là-dessous... Allons... parles-moi, je t'en prie, comme à tes pensées, comme tu parles à ce que tu médites dans ton esprit et exprime ton idée la plus mauvaise par les paroles les plus sinistres !...

IAG. Seigneur, pardon. Quoique je vous sois attaché par de grands devoirs, je ne suis pas tenu à une chose dont les esclaves mêmes sont affranchis. Comment ? Manifester mes pensées ? Mais dites-moi si jamais elles étaient fausses et injurieuses ? Y a-t-il un palais où un hôte méprisable ne s'introduise quelquefois ? Y a-t-il un cœur si

Turpe sospetto non ponga il suo seggio?

OTE. Contro l'amico tu congiuri, dove
Oltraggiato l'estimi, e in te l'oltraggio
Nascondi e taci.

IAG.   Oh! ve ne prego, o mio
Signor, ben ch'io forse mal vidi : piaga
Quest'è, il confesso, della mia natura,
Spiar per entro à vizj ; e talor falli
Che non son, va creando il mio sospetto :
Però, a concetti cosi manchi il vostro
Buo senno non s'acconci, e sul mio vago
Investigar non vi create affanni.
A vostra pace, al vostro ben non giova,
Come al mio stato, a mia prudenza, ed anco
All' onesta, che i miei pensier vi scopra.

OTE. E che dir vuoi?
IAG.   Per l'uomo e per la donna
Primo tesor dell' anima è la fama :
Chi mi fura la borsa, un vil metallo
Mi fura; l'oro è qualche cosa, è nulla;
Fu mio, fu suo, schiavo di mille, in vece,
Chi fama a me rapisce, un ben m'invola
Che, senza arricchir lui, mé fa mendico.

OTE. Per lo ciel! vo' saper che pensi.

IAG.   S'anco
Teneste in mano il mio cor, nol potete.

OTE. Ahi!...
IAG.   Dalla gelosia ben vi guardate,
Signore! È il mostro dai verd' occhi biechi,
Che il pasto scherne onde si ciba. Vive
L'ingannato marito ancor felice,
Se, certo del suo fato, all' infedele
Non serba amor : ma ohimè! quali damnate
Ore non conta chi adora e sospetta,
Chi trema ed idolatra!

OTE.   Oh! miserando!
IAG. Da gelosia salva me stesso e i miei
Bontà del cielo !
OTE.   Che intendi, che pensi?
Ch'io menar brami vita di geloso,
E della luna seguir la vicenda,
Di sospetto in sospetto? Ah! no! giammai.
S'io dubito, in quel punto ho già deciso.
Tienmi qual bruto, ov' io creda a cotali
Turgide bolle del pensier, che sono
Del tuo dire il costrutto. Udir che bella
È la mia sposa, che s'adorna, ed ama
Liete brigate, e schietta parla e canta,
E suona e danza, non mi fa geloso:
Dove alberga virtù, virtù son queste;
E, negli scarsi pregi miei, non io
Cerchero la più lieve ombra di tema
O di sospetto ch' ella siami infida :
Occhi ha pure e me scelse. No, ti dico:
Vedere, pria di dubitar, vogl' io :
E nel dubbio la prova; e dopo questa,

pur qu'il n'y pénètre parfois un mauvais soupçon?

OTH. Tu conspires contre ton ami si le croyant outragé, tu caches l'outrage.

IAG. Seigneur, je vous en conjure, j'ai peut-être mal vu. C'est un vice de ma nature, je l'avoue, d'observer les défauts, et quelquefois mon soupçon crée des fautes qui n'existent pas. Aussi que votre bon sens ne se préoccupe pas de mes jugements incomplets, et n'allez pas vous tourmenter de mes vagues observations. Il est aussi nuisible à votre repos et à votre bonheur, qu'à ma condition, à ma prudence, à mon honnêteté même, que je vous découvre mes pensées.

OTH. Mais que veux-tu dire?
IAG. L'honneur est le premier trésor pour l'homme et pour la femme. Celui qui prend ma bourse ne m'enlève qu'un vil métal. L'or est quelque chose et il n'est rien : il a été le mien, le sien, l'esclave de mille maîtres; mais celui qui me ravit l'honneur, me prive d'un tel bien, qui sans l'en-richir me rend pauvre.

OTH. Par le ciel, je veux savoir ce que tu penses.

IAG. Vous ne le pouvez pas, même si vous aviez mon cœur dans vos mains.

OTH. Hélas !
IAG. Soyez bien en garde contre la jalousie. C'est un monstre au regard venimeux et louche, qui corrompt l'aliment dont il se nourrit. Le mari trompé vit encore heureux, si, sûr de son sort, il ne garde pas d'amour pour l'infidèle. Mais, hélas! quelles heures de damné ne passe-t-il pas celui qui aime et soupçonne, qui tremble et adore!

OTH. O malheureux !
IAG. Que la bonté du ciel me préserve moi et les miens de la jalousie.

OTH. Qu'entends-tu? Que penses-tu? Que je voulusse trainer la vie de la jalousie et suivre les changements de la lune allant de soupçon en soupçon? Non, jamais. Si je doute, à l'instant même j'ai décidé. Regarde-moi comme une brute si je crois à ces niaiseries de la pensée qui sont le résumé de ton discours. On ne me rendra pas jaloux en me disant que mon épouse est belle, qu'elle se pare, qu'elle aime la bonne société, qu'elle parle franchement, et chante, et joue, et danse. Où règne la vertu, tout cela est vertueux ; et je ne chercherai pas dans mon peu de mérite la moindre alarme ou le plus léger soupçon sur sa fidélité. Elle avait bien des yeux, et elle m'a choisi. Non, te dis-je, je veux voir avant de douter, et après le doute la preuve, et après la preuve, il ne

Sola una cosa, amore o gelosia
Disfar per sempre.

IAG.   Come io ne vo lieto!
L'affetto ed il dover che a voi m'unisce,
Con più liberi sensi or m'è concesso
Mostrarvi; et quant d'io dico, il ricevete
Come debito mio, ma prova alcuna
Non pongo innanzi. Sulla sposa vostra
Vegliate; allor che a lei Cassio è vecino,
Osservatela attento; e così gli occhi
Aprite, nè geloso nè securo:
Non vorrei che la vostra aperta, egregia
Natura fosse tratta a vili inganno
Per la bontà sua stessa. Vigilate
Dunque su lei; ben del paese nostro
I costumi conosco. Al ciel le donne
Di Venezia palesan le follie
Che far chiare non osano ai mariti.
La coscienza miglior non è per esse
Lasciar di farle, ma tenerie ascose.

   OTE. Sarebbe il vero?
   IAG.   Ella ingannò suo padre,
Quando a voi si fe' sposa; e quando i vostri
Occhi parea cansar, di lor tremando,
Maggior desio n'avea.

   OTE.   Tal era appunto
   IAG. Or ben, colei si giovinetta seppe
Pigliar tale apparenza che più duro
Delle fibre di quercia in sui paterni
Occhi ponea suggetto; ed ei credette
Fosser malie. — Ma troppo da voi merto
Rampogna: e umilemente vi scongiuro
Di perdonarmi il mio soverchio zelo.

   OTE. Obligo eterno anzi a te deggio.

   IAG.   Pure
Veggio che il mio parlar gli spiriti un poco
V'offuscò,
   OTE.   Punto, punto.
   IAG.   Ed io lo temo:
Il confessate, via: spero vi piaccia
Le mie parole giudicar siccome
Dettate dall'amor. Ma, non m'inganno.
Siete commosso. Pregovi non date
Al mio parlar soverchia conseguenza,
Nè confin che il sospetto ecceda. E Cassio
Mio degno amico. Ma, signor, commosso
Voi siete, il veggo.
   OTE. Non molto commosso.
Di Desdemona io m' ho solo un pensiero,
Ch'è onesta donna.
   IAG.   E tale viva a lungo,
E a lungo voi del par, con questa fede!

   OTE. Pur, sé natura può smarrir sua traccia...

   IAG. Oh! qui sta il punto. E, per aprirmi a voi
Arditamente: il non avere accolte

reste plus qu'une chose, détruire pour toujours l'amour, ou la jalousie.

IAG. J'en suis ravi, et je puis, désormais, vous montrer librement l'affection et le dévoûment qui m'attachent à vous. Recevez donc ce que je vais vous dire comme un acte de mon devoir : mais je ne présente aucune preuve. Veillez sur votre épouse; observez-la attentivement lorsque Cassio est auprès d'elle; tenez vos yeux ouverts sans être ni jaloux, ni rassuré. Je ne voudrais pas que votre cœur franc et généreux fût trompé par sa bonté même. Veillez donc sur elle; je connais bien les mœurs de notre pays. Les femmes de Venise avouent aux ciel les folies qu'elles n'osent pas découvrir à leurs maris; et leur meilleure conscience ce n'est pas de s'en abstenir, mais de les cacher.

OTH. Serait-il vrai?

IAG. Elle trompa son père lorsqu'elle vous épousa, et quand elle paraissait éviter vos regards, en les redoutant, c'est alors qu'elle en avait le plus d'envie.

OTH. Elle était en effet ainsi.

IAG. Eh bien, elle sut très-jeune prendre une telle apparence, qu'elle tenait son âme fermée à son père comme le cœur d'un chêne, et il crut qu'il y avait de la magie. Mais je mérite vos reproches, et je vous conjure humblement de pardonner mon excès de zèle.

OTH. Au contraire, je t'en dois une obligation éternelle

IAG. Cependant je m'aperçois que mes paroles ont un peu troublé votre esprit.

OTH. Pas du tout, pas du tout.

IAG. Moi je le crains; avouez-le. J'espère que vous voudrez bien considérer mes paroles comme étant dictées par l'amour. Mais, je ne me trompe pas, vous êtes ému. Je vous prie de ne pas donner trop d'importance à mes paroles, et faites que le soupçon n'excède pas. Cassio est mon digne ami. Mais, Seigneur, vous êtes ému, je le vois.

OTH. Pas très-ému. Je n'ai qu'une pensée sur Desdémona; c'est qu'elle est une femme honnête.

IAG. Puisse-t-elle vivre longtemps ainsi, et puissiez-vous aussi vivre longtemps dans cette conviction.

OTH. Cependant si la nature pouvait s'écarter de ses traces...

IAG. Oh! voilà le point. Et, pour vous ouvrir hardiment mon cœur, n'avait-elle point agréé les

Le profferte di nozze de' garzoni
Che comuni con lei patria, colore,
E grado avean, siccome suol natura
Cercar sempre, potria voglia difformi
Qui taluno adorar. Ma, perdonate,
D'essa apunto io non parlo; sol v'ha tema
Che il cor vinto dal senno, or non raffronti
L'aspetto vostro a quei del suo paese
E non si penta forse.

OTE.   Addio! se mai
Di più scopri, a me torna, è vegli anch'essa
Tua moglie, Iago, lasciami.
  IAG.   Con vostra
Licenza, signor mio Per andarsene.

  OTE., da se. Deh perchè volli
Ammogliarmi? Non dubito che questa
Creatura dabben sappia e conosca
Ben più, ben più che non riveli.
  IAG, tornando.   In tale
Cara più addentro non frugate, il tempo
N'abbia pensier. S'è ben che Cassio torni
Al suo grado ch'ei tien con gran perizia,
Stando un poco in sul niego, voi potreste
Supri qual egli sia, quali è suoi modi,
State a veder se molte istanze adocri
La vostra sposa al suo richiamo : e questo
Gran lume ne darà. M'abbiate intanto
In conto d'uom frettose in sue paure
(E di tenermi tale lo gran rasione);
Ma lei schietta stimate, io vi scongiuro,

  OTE. Non dubitar del mio contegno.
  IAG,   Io chiedo
Nuova licenza a voi. Parte.

  OTE.   Quest' uomo è in vero
D'eminente onestà; tutte egli scorge
Col sagace pensier le differenze
De' fatti umani. Se restia la trovo,
Fossero i geti onde a lei sono avvinto
Le fibre istesse del mio cor, disciorla
Come l'augello che al suo volo è reso,
Vorrei per sempre. Oh! forse, perchè nero
Son io, ne ho le molli arti del dire,
Di che vantarsi i dami, e nella valle
Degli anni scendo, pur non tanto ancora...
Ella perduta; io son deluso; ed altro
Conforto non ho più che l' abborrirla.
Maledizion del maritaggio! Nostre
Nomar queste gentili creature,
Non le lor brame! Deh foss'io vil rospo,
Vivessi de' vapor di umida chiostra,
Prima che un altro di cosa a me cara
Un breve angolo usurpi! Eppur di grandi
Alme flagel quest'è, che privilegi
Ebber delle volgari assai più scarti.
È, al par di morte, inevitabil fato;
Piaga d'inferno che s'incarna in nei
Coll' alito primiero. — Ecco, essa viene.

offres de mariage des jeunes gens qui avaient la même patrie, la même condition, la même couleur qu'elle, ainsi que la nature recherche toujours? Cela pourrait faire pressentir à quelqu'un des désirs difformes. Mais pardonnez-moi, je ne parle pas d'elle; seulement il est à craindre que son cœur, dominé par la raison, ne vienne maintenant comparer votre visage à ceux de son pays et qu'elle ne se repente peut-être.

OTH. Adieu. Si jamais tu en découvres davantage reviens vers moi; que ta femme, elle aussi, veille. Iago laisse-moi.

IAGO. Avec votre permission, mon seigneur.

Il va pour sortir.

OTH. à part. pourquoi ai-je voulu me marier? Je ne doute pas que ce brave homme en sache bien davantage qu'il n'en dit.

IAG, rentrant. Veuillez ne pas sonder plus avant ces soupçons; laissez-en le soin au temps : s'il est bien de rendre à Cassio son grade, qu'il remplit avec beaucoup d'intelligence, vous pourriez cependant, en refusant, pour peu de temps, découvrir ce qu'il est, et ses ressources. Observez si votre épouse emploie beaucoup d'instances pour le faire rappeler; cela vous éclairera. En attendant, regardez-moi comme un homme outré dans ses craintes, et j'ai bien des raisons pour me juger ainsi, et regardez votre épouse comme innocente.

OTH. Ne te défie pas de ma conduite.

IAG. Je vous demande de nouveau congé.

Il sort.

OTH. Cet homme est en vérité d'une grande honnêteté; il aperçoit avec son esprit éclairé les différentes causes des actions humaines. Si je la trouve rebelle, les jets qui m'attachent à elle, fussent-ils mêmes les fibres de mon cœur, je voudrais m'en détacher pour toujours comme l'oiseau rendu à son vol. Ah! peut-être parce que je suis noir, et que je n'ai pas ce doux langage que possèdent les courtisans, et que je suis sur le déclin des ans, mais pas encore autant... Elle perdue, je suis trompé, et je n'ai pas d'autre consolation que de la détester. Maudit soit le mariage. Nous pouvons nous croire maître de ces gentilles créatures, mais jamais de leurs passions. Ah! je voudrais être un vil reptile vivant des vapeurs d'une retraite humide, avant qu'un autre usurpe une petite partie d'une chose qui m'est chère. C'est bien un fléau pour les grandes âmes qui eurent des priviléges plus modiques que les âmes vulgaires. Le destin est inévitable comme la mort, c'est une plaie infernale qui s'incarne dans nous avec le premier souffle. Voilà; elle vient.

SCENA IV

OTELLO, DESDEMONA e EMILIA.

OTE. Oh! s' ella mente, il ciel se stesso irride!
No, crederlo non vo?

DES.   Mio caro Otello,
Venite? Attendan la presenza vostra
Il banchetto ed i nobili isolani
Che convitaste.   [son di biasmo.
    OTE, dopo averla riguardata in silenzio. Degno io

DES. Ond' è mai che si languido parlate?
Non vi sentite bene?

OTE.   Acuta doglia
Alla fronte mi punge, qui...

DES.   Di certo
Il vegliar fu : ma sarà duol fugace.
Solo che stretta io vi bandi la fronte
E in men d' un ora avanirà

OTE.   Non giova.
Il fazzoletto vostro è picciol troppo   [venite?
Lasciate il male a se (Si leva dalla fronte.) N' andiam;
      Il fazzoletto che cade al suolo.
   DES. Quanto mi dœl che non si senta bene!
      Partono Otello e Desdemona.

SCENA V

EMILIA, raccoglie il fazzoletto.

EMI. Ecco, alfine, il troval quel fazzoletto
Primo ricordo dell' amor del Moro,
Che cento volte il mio strano marito
Ad involar mi punse. Ella si caro
Se'l tien, dacchè il suo sposo di serbarlo
La scongiurava, che a tutt' ora il porta
Per baciarlo e pelargli: io vorrei sarne
Il ricamo copiar, poi darlo a Iago.
Ma a che servir gli deve? Lo sa il cielo,
Io no; soltanto appago un suo capriccio.

SCENA VI

IAGO, EMILIA.

IAG. Che fate qui?
EMI.   Non mi sgridate, io serbo
Una cosa per voi.
IAG.   Cosa per certo
Assai volgar. Voi stessa, forse?
EMI.   Come?...
Se fosse questo fazzoletto?...
IAG.   Quale?
EMI. Il fazzoletto, primo don del Moro

SCÈNE IV

OTHELLO, DESDÉMONA et ÉMILIA.

OTH. Oh! si elle ment, le ciel même est son complice, non! je ne veux pas le croire.

DES. Mon cher Othello, venez. Le banquet et les nobles insulaires que vous avez invités, attendent votre présence.

OTH., après l'avoir regardée silencieusement. Je suis digne de blâme.

DES. Pourquoi votre voix est-elle si faible ? Seriez-vous malade?

OTH. Une douleur aiguë me tourmente au front, là.

DES. C'est sans doute d'avoir veillé, mais ce sera un mal passager. Il suffit que je vous bande étroitement le front, et en moins d'une heure elle sera dissipée.

OTH. C'est inutile. Votre mouchoir est trop petit : laissez le mal à lui-même. (Il ôte le mouchoir qui tombe par terre.) Allons, venez-vous !

DES. Combien je suis peinée de te voir souffrant.
      Partent Othello et Desdémona.

SCÈNE V

ÉMILIA. Elle ramasse le mouchoir.

EMI. Voilà, enfin je l'ai trouvé ce mouchoir, premier souvenir de l'amour du More, et que mon étrange mari m'a poussée à voler plus de cent fois. Il lui est si cher, depuis que son époux lui a conjuré de le garder, qu'elle le porte toujours sur elle pour le baiser et lui parler. Je voudrais en faire copier la broderie, et la donner ensuite à Iago. Mais à quoi doit-il lui servir. Le ciel le sait, moi je l'ignore. Je satisfais seulement un de ses caprices.

SCÈNE VI

IAGO, ÉMILIA.

IAG. Que faites-vous ici?

EMI. Ne me grondez pas, je garde quelque chose pour vous.

IAG. Bien sûr une chose très-vulgaire. Vous-même peut-être ?

EMI. Comment? et si c'était ce mouchoir?

IAG. — Lequel?

EMI. Le mouchoir, premier don que ...

A Desdemona sua, che voi sì spesso
D'involar mi pregaste.

IAG.   E l'inviolavi?

EMI. No lasciollo cadere inavvertita;
Io il raccolsi...

IAG.   A me il donna.

EMI.   E a trafugarlo
Perchè mi spronaste?

IAG.   A voi ne cale?
         Togliendole di mano il fazzoletto.

EMI. Se nulla importa, me'l rendete. Folle
La signora andrà forse, ove s'avvegga
Che lo perdè,

IAG.   Di non superne nulla
Mostrate; usarne io deggio. Or, mi lassirete.
            Emilia parte.

Di Cassio nelle stanze il fazzoletto
Vo' smarrir, perché il trovi. Del geloso
Agli occhi, inezie più dell' aria lievi,
Sono evidenze salde e forti al paro
Delle Scritture sante. E cosa alcuna
Da questo deve nature. Il veleno,
Ch'io ti versai già ti transmuta, o Moro,
Son i sospetti, in queste timpre, un tosco
Che pria lieve disgusto appena desta;
Ma poi, quando nel sangue la picciol' opra,
Come sulfurea cava arde e consuma.
Ben lo diss'io. — Ve'ch'egli vien. Giammai
Papavero o mandragora, nè quante
Ha il mondo essenze soporose, darti
Il remidio potran di quel soave
Sonno che jer gustasti.

SCENA VII

OTELLO, IAGO.

OTE.   Ahi! dessa infida!
A me?

IAG. Come, signor? Non più di questo.

OTE. Vanne, fuggi! alla rota del tormento
Mi legasti. Oh! tel giuro; è meglio assai
Ingannatto del tutto, anzi che averne
Leger sospetto.

IAG.   E che?

OTE.   De suoi furtivi
Diletti, qual provai sense? Non vidi,
Non sospettai, nulla soffersi. Ieri
Dormii tranquillo, e libero e giocondo
Mi sentii; sul suo labbro non troval
Di Cassio i baci. Tui rapita è cosa
Che non sente nè sa, nulla ha perduto

IAG. Ciò che ascolto, signor, m'accora.

OTE.   Io m'era
Ancor felice ieri. Ed or, per sempre
Addio pace dell'alma, addio contento!
Addio falangi dagli elmi plumati,
Guerre superbe, onde virtù diviene
L'ambizione, addio per sempre! Addio

More à sa Desdémona, et que vous m'avez priée
si souvent de dérober.

IAG. Et l'as-tu dérobé?

EMI. Non, elle l'a laissé tomber s'en s'en apercevoir, moi, je l'ai ramassé....

IAG. Donne-le moi.

EMI. Pourquoi tant me presser à le dérober?

IAG. Que vous importe?
          Il lui prend le mouchoir.

EMI. Si vous n'en avez pas besoin, rendez-le
moi, ma maîtresse en deviendra peut-être folle,
si elle s'aperçoit de sa perte.

IAG. Faites semblant de n'en savoir rien, je dois
m'en servir. Maintenant, laissez-moi. (Émilia part.)
Je veux égarer ce mouchoir dans les appartements
de Cassio, pour qu'il le trouve. Aux yeux du jaloux, des riens plus légers que l'air deviennent l'évi-
dence la plus frappante. Et il doit bien sortir
quelque chose de tout ceci. O More! le poison que
j'ai versé dans ton sein te change déjà! Dans cette
nature les soupçons sont un poison qui d'abord
provoque un léger dégoût; mais ensuite, lorsque
il agit sur le sang, il brûle et dévore comme une
mine sulfureuse. Je l'ai bien dit. Voilà qu'il vient.
Ni pavots, ni mandragore, ni toutes les essences
du monde ne pourront jamais t'apporter pour
remède ce doux sommeil que tu as goûté hier.

SCÈNE VII

OTHELLO, IAGO.

OTH. Hélas! elle, m'être infidèle!

IAG. Comment, seigneur! Ne te tourmente plus
de cela.

OTH. Va-t-en, fuis! tu m'as attaché à la roue.
Ah! je te le jure, il vaut beaucoup mieux être
trompé tout à fait que d'avoir un léger soupçon.

IAG. Eh quoi?

OTH. Quelle sensation ai-je éprouvée de ses plaisirs secrets? Je n'ai rien vu, rien soupçonné, rien
souffert. Hier j'ai dormi en paix. Je n'ai pas retrouvé sur ses lèvres les baisers de Cassio. Celui
auquel on a dérobé quelque chose et qui ne s'en
aperçoit pas n'a rien perdu.

IAG. Seigneur, ce que j'entends me désole.

OTH. Hier, j'étais encore heureux. Et maintenant, paix de mon cœur, adieu pour toujours;
adieu, joie; adieu, bataillons au casque empana-
ché! Guerres superbes où l'ambition se change en
vertu, adieu pour toujours! Adieu, coursiers heu-

O nitrente corsier, canora tromba,
Regal bandiera, ordini, eventi e pompe
E glorie di battaglia! E voi, di morte
Borche tonanti, nunzii di vittoria
Addio! La voce si compì d'Otello.
IAG. Possibil mal, signore?
OTE. Sciagurato!
Bada ben, provar dei che l'amor mio
E' una vil druda; a questo bada, damni
Ocular prova; se no'l fai ti giuro,
A prezzo dell' eterna anima mia,
Nascere immondo bruto erati meglio,
Che non far paga la mia rabbia.
Afferando alla strozza.
IAG. Come?
A tanto siete voi?
OTE. Fa ch'io lo vegga,
Fa di provarlo almen, sì che la prova
Non offra appiglio e nodo a un dubbio solo:
O guai per la tua vita!

IAG. Alto signore...
OTE. Se calunia a lei poni, a me tortura,
No, mai più non pregar, mai più rimorsi:
A cumulo d'orrori, orrorri aggiungi;
Opre commetti di che pianga il Cielo,
E il mondo tutto si spaventi; nulla
Più orrendo far potresti per la tua
Dannazion.
IAG. Grazia! m'assista il cielo.
Uomo voi siete? avete anima e sonno?
Dio vi guardi, il mio grado, ecco vi rendo.
E tu, pazzo infelice che vivesti
Per veder, lasso! chi t'apponga a vizio
L'onestà tua! Perverso mondo, vedi,
Vedi, o mondo, e da me, non uscir salvo
Colui' che retto e onesto adopri, impara.
Or, grazie a voi che mi sgannate; amici
Da quest'ora cercar non vo'più mai;
Poi che tal onta dell'affetto è figlia.
Per andarsene.

OTE. No, qui rimani. Onesto esser dovresti
IAG. Accorto, dite; è l'onesta follia
Che guida a male chi per lei fatica.
OTE. Per l'universo! Io penso che innocente
E' la mia donna; e penso che nol sia;
Penso che tu se' onesto, e penso in una
Che tal non sei. Vo' qualche prova. Il suo
Nome al par dell'aspetto di Diana,
Candido in pria, s'è fatta oscuro e bujo
Come il mio volto. Se laccio o pugnale,
Affogante vapor, fiamma, veleno
Dabba sfidar, nol portirè... Pur, lo
Parmi certo vorrei.
IAG. Signor vi rode
Passion violenta; e ch'io l'accesi
Assai mi duol'.
OTE. Vorrei, che dico? il voglio
IAG. E il potete! Ma come farvi certo,
Esser voi stesso testimonio? Vederli
L'una in braccio dell'altro?

nissants, trompette sonore, drapeau royal, ordres,
aventures, pompes, et gloire des batailles! Et vous,
bouches tonnantes de mort, qui annoncez la vic-
toire, adieu! La tâche d'Othello est finie.

IAG. Est-il possible, seigneur?
OTH. Malheureux, fais bien attention qu'il te
faut prouver que l'objet de mon amour est une
prostituée; il faut que tu m'en donne la preuve
oculaire. Si tu ne le fais pas, je te jure, sur mon âme,
qu'il était mieux pour toi de naître une brute im-
monde que de ne pas satisfaire à ma rage!
Le saisissant à la gorge.
IAG. Quoi! En êtes-vous à ce point?

OTH. Fais en sorte que je le voie: tâche du
moins de le prouver de manière que la preuve ne
laisse ni prise ni raison à un doute seulement, ou
tremble pour ta vie!
IAG. Noble seigneur...
OTH. Si tu la calomnie, si tu me tiens à la torture, ne prie jamais plus, renonce aux remords:
entasse les horreurs sur les horreurs; fais des
actions dont le ciel s'attriste et le monde entier
s'effraye: tu ne saurais faire rien de plus terrible
pour ta damnation.

IAG. Oh! grâce! — Que le ciel vienne à mon
aide! Êtes-vous un homme? Avez-vous un cœur
et votre raison? Que Dieu vous protége, voici, je
vous rends mon grade. Et toi, insensé malheureux,
qui as vécu, hélas! pour voir ta droiture qualifiée
de crime! Monde perverti, vois, vois, et apprends
par moi que celui qui est sincère et honnête dans
ses actions n'est jamais heureux. Maintenant,
merci à vous qui me désabusez: dès ce moment,
je ne veux plus avoir d'amis, puisqu'un tel affront
est le fruit de mon dévoûment. Iago veut sortir.
OTH. Non, demeure ici. — Je crois que ma
femme est innocente, et en même temps il me paraît qu'elle ne l'est pas. Je te crois un honnête
homme, et je crois que tu ne l'es pas. Je veux des
preuves. Son nom, auparavant aussi candide que
le visage de Diane, est devenu noir et sombre
comme mon visage. Si elle devait affronter une
corde, un poignard, une vapeur suffocante, un
poison, le feu, je ne le souffrirais pas. — Cependant je voudrais m'assurer.

IAG. Seigneur, une passion violente vous dé-
vore, et je regrette de l'avoir allumée.
OTH. Je voudrais... Que dis-je? — Je le veux.
IAG. Et vous le pouvez. Mais de quelle manière?
Mais comment vous rendre vous-même témoin?
Comment voir l'une dans les bras de l'autre?

OTE.   Morte e Inferno!
Oh!
 IAG. Tal parte non amo; por sì lunge
Da mal canta onestà, dal troppo zelo.
Ormai mi veggo, che a seguir son presto.
Non ha molto, io posava a Cassio accanto,
Nè potrà trovar sonno. V' han taluni
D'alma sciolti così che d'ogni cura
Van susurrando in sogno ; un dì costoro
E' Cassio. Or io l'intesi che dormente
Ei diceva : siam cauti, i nostri amori
Occultiam, mia Desdemona diletta.
E metteva sospiri... e ; — Maledetto
Destin, segnìa, che ti concesse al Moro!
 OTE. Oh' cosa mostruosa !
 IAG.   Altro che un sogno,
Non fù, signor.
 OTE.   Ma pur rivela un fatto
Che il precedea. Tremendo indizio è questo.
 IAG. E forse prove altre più fiacche ei salda.

 OTE. Io lacerarla giuro.
 IAG.   Oh ! saggio siate!
Non è ben certo il fatto ; ella innocente
E'forse, — Sol mi dite : un fazzoletto
Trapunto a fiori e fraghe, nel vedeste
Talora in man di vostra moglie ?
 OTE   Io stesso.
Glielo donava ; fù il primier mio dono.
 IAG. Nol so; ma con un simil fazzoletto
(Certo ora quello della sposa vostra)
Oggi Cassio vid' io tergersi il volto.

 OTE. Se quel fosse.
 IAG.   Se quello, ovver qualunque
Che le appartenga, un' altra prova è questa
Che contro ad essa parla.

 OTE.   Oh ! almen l'infame
Avesse mille e mille vite ! E' poca,
Poca una sola e misera alla mia
Vendetta. Or sì che veggo il vero. Iago.
Guardami, vedi come tutto esalo
Il tenero amor mio. Spari, — Ti leva, ;
Negra vendetta dell' abisso. All' odio
Tiranno or cedi, amor, dell' alma in trono.
Ti gonfia, o petto mio, che tante chiudi
D'aspidi lingue.
 IAG.   Ah no! vi raffrenate
 OTE. Oh ! sangue, Iago, sangue !
 IAG.   Pazienza.
Mutar consiglio voi potreste ancora.
 OTE. No, Iago, mai. Come il gelato gorgo
Del mar Pontico volge impetuoso,
Nè senti più l'indietreggiar del flusso,
Così sospinti i miei pensier di sangue
S' urtan l'uno l'altro ; e rifluir non ponno
Verso l'umile amore, infin che tutti
Conscia e vasta e vendetta non l'inghiotta,
Or, per quella del ciel marmorea volta,
Alta promessa io fo....   S'inginocchia.

OTH. Mort et damnation !
 IAG. Je n'aime pas jouer un rôle pareil : cependant mon honnêteté imprudente et l'excès de mon zèle m'ont poussé si loin que je suis prêt à continuer. J'étais couché naguère à côté de Cassio sans pouvoir m'endormir. Il y a des hommes dont l'âme est si dégagée, que dans leur sommeil ils révèlent leurs affaires. Cassio est de ce nombre. — Je l'ai entendu qui disait en dormant : « Ma Desdémona chérie, soyons circonspects, cachons nos amours. » Et il soupirait. Et : « O destinée maudite, ajoutait-il, qui t'a donné au More ! »

 OTH. O chose monstrueuse !
 IAG. Seigneur, ce n'était qu'un songe.

 OTH. Mais il révèle un fait qui l'a précédé. C'est un indice fort grave.
 IAG. Et peut-être il prête de la force à des preuves plus faibles.
 OTH. Je jure de la déchirer en pièces !
 IAG. Soyez prudent. — Le fait n'est pas bien certain : elle est peut-être innocente. Dites-moi seulement : n'avez-vous jamais vu un mouchoir brodé de fleurs dans les mains de votre épouse ?

 OTH. Moi-même je le lui ai donné. Ce fut mon premier cadeau.
 IAG. Je ne le sais pas ; mais avec un pareil mouchoir, qui était certes celui de votre épouse, j'ai vu aujourd'hui Cassio s'essuyer le visage.
 OTH. Si c'était celui-là...
 IAG. Qu'il soit celui-là ou un autre qui lui appartienne, celle-ci est toujours une autre preuve qui parle contre elle.
 OTH. Ah! du moins si l'infâme avait mille vies ! Une vie seule et misérable est peu de chose à ma vengeance. Maintenant je vois la vérité. Iago, regarde-moi, vois comme j'exhale tout mon amour. Il s'est évanoui. — Lève-toi de l'abîme, vengeance noire. L'amour cède désormais à la haine le trône de mon cœur. Enfle-toi, mon sein qui renfermes autant de langues d'aspics.

 IAG. Oh ! non ; contenez-vous.
 OTH. Oh ! du sang, Iago, du sang !
 IAG. Prenez patience, vous pouvez encore changer de résolution.
 OTH. Non, Iago, jamais. De même que le gouffre glacé de la mer rude s'agite impétueux, sans sentir le flux qui recule, ainsi mes pensées de sang, poussées l'une vers l'autre, se choquant, ne peuvent refluer vers l'amour humble, jusqu'à ce qu'ils soient tous engloutis par une vengeance vaste et éclatante. Maintenant, par la voûte immuable du ciel, je fais un vœu solennel...
      Il se met à genoux.

IAG.   Deh, non' v' alzate!
                              S'inginnochia egli pure.
Voi testimoni, o di perpetua luce
Astri sovrani ; testimoni voi
Clementi ondie siam qui circonfusi,
Consacra Iago ingegno, e braccio e core
Tutte al servigio dell' offeso Otello :
Ch' esso m' imponga.
    OTE.   Accolgo tua profferta ;
E da te l'opra attendo. Mi sia detto,
In tre giorni, che Cassio più non vive.
    IAG. L'amico mio già è morto ; il chiedi, è fatto ;
Ma ch' ella viva!

    OTE.   Oh! dannata, dannata
La cortigiana vile ! Andiam, vien meco.
Vo' cercar mezzo di spedita morte,
Per l'infernal bellezza, — Tu sei.
Luogotenente mio.
    IAG.   Vostro, e per sempre.
                              Partono.

SCENA VIII

DESDEMONA, EMILIA.

    DES. Dir mi sapresti, Emilia, ove potrei
Aver smarrito il fazzoletto mio?
    EMI. Mia signora, no'l so.
    DES.   Vorrei smarrita
La borsa piena di crosade, il credi
Anziche quello. E se il mio nobil Moro
Non avesse alma candida et lontana
Da vile gelosia, quanto potrebbe
Dargli triste pensier !
    EMI.   E' viene appunto.
    DES. No'l lascio più fin che richiami Cassio. —
Or come state, mio signore ?

SCENA IX

OTELLO e Detti.

    OTE., da se.   Bene. —
Mia donna... Oh! duro il simular !.. La mano
Datemi... Inver, morbida mano questa.
    DES. L'età non teme e non conosce affanno.
    OTE. Ah, si ardente e si molle ! Facil tempra
E cor largo dinota. Questa mano
Vi dice che digiuno a voi conviene,
E desir castigato, e pio ritiro,
E preghiere. Infernal spirito acceso.
Qui dentro alberga e si ribella spesso.
È 'una mano gentil, mano sincera.
    DES. Dirlo ben voi potete ; è questa mano
Che il mio core donò.
    OTE.   Man liberale !
Fu il core un dì che dià la mano ; in vece
Ora il motto cangiò. — Man senza core.

IAG. Ne vous levez pas. (Il se met à genoux.)
Soyez témoins, astres souverains de lumière per-
pétuelle ; soyez témoins, vous éléments qui nous
entourez, que Iago consacre son génie, son bras,
son cœur et tout, au service d'Othello offensé.
Qu'il commande.

OTH. J'accepte ton offre et j'en attends de toi
l'exécution. Que j'apprenne dans trois jours que
Cassio n'est plus en vie.

IAG. Mon ami est déjà mort : tu le veux, et
c'est fait. Mais qu'elle vive !

OTH. Femme vile... Allons, je veux inventer un
moyen de mort soudaine pour sa beauté infernale.
Tu es mon premier écuyer.

IAG. A vous, et pour toujours.

                              Ils sortent.

SCÈNE VIII

DESDÉMONA, ÉMILIA.

DES. Pourrais-tu me dire, Émilia, où j'a
perdu mon mouchoir?...

ÉMI. Je l'ignore, madame.

DES. Le croirais-tu? je voudrais avoir perdu
ma bourse pleine d'argent au lieu de ce mouchoir.
Et si mon noble More n'avait pas une âme candide et inaccessible à une basse jalousie, quelles
tristes pensées cela pourrait lui donner !...

ÉMI. Justement, il vient.

DES. Je ne le quitterai que lorsqu'il aura rappelé Cassio... Eh bien! comment allez vous, mon
seigneur ?

SCÈNE IX

OTHELLO et LES PRÉCÉDENTES.

OTH. à part. Bien, ma femme... Oh! qu'il est
triste de dissimuler ! (Haut.) Donnez-moi la main.
En vérité, voilà une main bien douce.

DES. Elle ne craint pas l'âge et n'a pas été
éprouvée par les souffrances.

OTH. Ah! si brûlante et si douce! cela annonce
une nature facile et un grand cœur !...

DES. Vous pouvez bien le dire, c'est cette main
qui vous donna mon cœur.

OTH. Main généreuse! Autrefois c'était le cœur
qui donnait la main, maintenant la phrase est
changée : « Main sans cœur »...

DES. Non vi comprendo. Via, torniano piuttosto
Alla vostra promessa.

OTE. 　　　　　E qual, mia cara ?

DES. Mandai per Cassio, perchè qui ritorni
E vi parli.

OTE. 　　M'ha offeso l'aer freddo.
Datemi un fazzoletto.

DES. 　　　　　Eccovi il mio.

OTE. Quelle ch'io vi donai.

DES. 　　　　　Quel non l'ho meco.

OTE. No ?

DES. 　　No, da vero, mio signore,

OTE. 　　　　　　E' male.
A mia madre donò quel fazzoletto
Une zingara, esperta incantatrice,
Che leggea in fondo de'pensier di tutti,
E le disse che, amata sempre, e donna
Del cor del padre mio l'avrebbe fatta
Quel dono ; ove smarrito o altrui donato
Avesse il talismano, egli n'andrebbe
Svagato in tracia di novelli amori.
Essa, morendo, a me lo diede, ond'io
Lo donassi a colei che sposa il fato
M'avrebbe eletta. Il feci. Or voi n'abbiate
Grand cura ; e sempre vi sia caro, come
La pupilla degli occhi ; chè smarrirlo
O donarlo saria fatale, immensa
Sciagura.

DES. 　　Oh come !

OTE. 　　　　　E' certo : una malìa
Sta in quel tessuto ; già l'ordi ne'suoi
Profetici furori una sibilla,
Che vide cento e cento volte il sole
Dell'anno il giro compiere ; fur sacri
I vermi che filar le sete ; e tinta
Con mummia d'innocenti imbalsamata
Ne fu la trama.

DES. 　　E'dunque ver ?

OTE. 　　　　　Ben vero !
Deh ! siatene gelosa.

DES. 　　　　　Oh ! non l'avessi
Visto mai !

OTE. 　Come dunque ?

DES. 　　　　　Onde parlate
Si aspro e fiero ?

OTE. 　　　Che ? smarrito forse ?
Non è più, dite, in vostra man ?

DES. 　　　　　Grand Dio !

OTE. Dite !

DES. 　　Non è smarrito : ma... se il fosse ?

OTE. Ah !

DES. 　　No, vi dico, che non è smarrito.

OTE. Ite a cercarlo !

DES. 　　　　Io lo potrei ; no'l voglio.
D'un'astuzia per torvi al prego mio :
Deh ! concedete che Cassio a voi rieda.

OTE. Recate il fazzoletto. Il cor mi dice...

DES. Via, cedete, più esperto capitano,
Signor, dove trovarlo ?

DES. Je ne vous comprends pas... Revenons
plutôt à votre promesse.

OTH. Et laquelle, ma chère ?

DES. J'ai envoyé chercher Cassio pour qu'il
vienne vous parler.

OTH. L'air froid m'a incommodé, donnez-moi
un mouchoir.

DES. Voici le mien.

OTH. Celui que je vous ai donné.

DES. Celui-là, je ne l'ai pas sur moi.

OTH. Non ?...

DES. Non ! en vérité, monseigneur.

OTH. C'est mal... ce mouchoir fut donné à ma
mère par une bohémienne, habile enchanteresse
qui lisait au fond des pensées. Elle lui dit que ce
don la rendrait bien-aimée à mon père et maîtresse de son cœur... que si elle perdait ou donnait à quelqu'un ce talisman, mon père se livre-
rait à de nouvelles amours... En mourant, ma
mère me le donna, pour qu'à mon tour j'en fisse
présent à celle que la destinée me donnerait pour
épouse. Je l'ai fait. Maintenant, ayez-en grand
soin, qu'il vous soit toujours cher comme la pru-
nelle des yeux. Le perdre ou le donner serait un
malheur fatal et immense !...

DES. Oh ! comment...

OTH. C'est certain ; il y a un maléfice dans ce
tissu... Une sibylle, qui avait vu cent et cent fois
le soleil achever le cercle des années, en ourdit la
trame dans ses fureurs prophétiques. C'est bien
sûr... Oh ! soyez-en jalouse !...

DES. Ah ! que ne l'eusse jamais vu !

OTH. Comment donc !...

DES. Pourquoi parlez-vous d'un ton si brusque
et si fier ?...

OTH. Quoi ! perdu, peut-être ?... Il n'est plus
dans vos mains, dites ?...

DES. Oh ! ciel !...

OTH. Parlez !...

DES. Il n'est pas perdu, mais... s'il l'était ?...

OTH. Oh !...

DES. Mais non, je vous dis qu'il n'est pas perdu.

OTH. Allez le cherchez !...

DES. Je le pourrais, mais je ne le veux pas.
C'est une ruse de votre part pour écarter ma
prière... Oh ! faites que Cassio rentre en grâce !

OTH. Apportez le mouchoir... le cœur me dit...

DES. Voyons, cédez... Où trouver, seigneur, un
meilleur capitaine ?...

OTE.   Il fazzoletto!
DES. Deh! parlate di Cassio...
OTE.   Il fazzoletto!
DES. Un uom che tutta sua fortuna pose
Nel vostro affetto, che parti con voi
Ogni periglio sempre....
OTE.   Il fazzoletto!
DES. Daver, son troppo acerbi i vostri detti?
OTE. Via da me, —   Parte.
EMI.   Si; per certo, egli è geloso.
DES. Così pria d'ora mai no'l vidi. Quale
Malia quel fazzoletto in se nasconde!..
                              Parte.

EMI. Che feci mai? Non era incauto assenso
Il mio, ma colpa. Ora corriamo... Io stessa
Dirò che Iago... Ma se poi? Del Moro
Forse è un lieve capriccio; o trista nuova
Di stato che gli offusca il cuor sereno.
Jacer giova, e consiglio aver dal tempo.

OTH. Le mouchoir!
DES. De grâce! parlez de Cassio!
OTH. Le mouchoir!...
DES. Un homme qui plaça toute sa fortune dans votre affection, qui partagea toujours tous vos dangers...
OTH. Le mouchoir!...
DES. En vérité, vos paroles sont trop cruelles.
OTH. Loin de moi!...   Il part.
ÉMI. Il est jaloux, c'est sûr.
DES. Je ne l'avais jamais vu comme ça... Quel sortilége cache donc ce mouchoir?...
                              Elle part.
ÉMI. Qu'ai-je fait!... Ce n'est pas un consentement imprudent que j'ai donné, j'ai commis une faute... Courons maintenant... Moi-même je dirai que Iago... Mais si... C'est peut-être un léger caprice du More ou une mauvaise nouvelle d'État qui trouble son cœur loyal... Il faut se taire et prendre conseil du temps.

ACTE QUATRIÈME

SCENA PRIMA

Una sala del Castello.

OTELLO, IAGO.

IAG. E sempre fisso in tal pensier?
OTE.   Pensiero, Iago?
IAG. Che mai? Sole un segreto bacio...
OTE. Colpevol bacio.
IAG.   O per un'ora e due,
Sola, senza reo fine, presso all'amico...

OTE. Senza fin reo, presto all'amico, o Iago?
E' ipocrisia contra l'inferno. Quella
Che in guisa onesta il fanno,
Un dèmone li tenta, e tentan'essi
Il ciel.

IAG. S'altro non fanno, egli è peccato
Lieve. Ma se a mia moglie un fazzoletto
Io dono...

OTE.   Or bene?
IAG.   E' cosa sua, signore,
Poich'è sua può donarla a chi più stima.
OTE. Ma l'onestà...

SCÈNE PREMIÈRE

Une salle de château.

OTHELLO, IAGO.

IAG. Et toujours fixe dans cette idée?
OTH. Une idée, Iago?

IAG. Et quoi? un baiser furtif seulemenet...
OTH. Baiser coupable.
IAG. Une ou deux heures, sans aucun but criminel, auprès de l'ami...

OTH. Sans but coupable près de l'ami, ô Iago? C'est une hypocrisie contre l'enfer. Ceux-là mêmes qui le font d'une manière honnête, et cependant ils le font, sont tentés par un démon, et eux, ils tentent le ciel.

IAG. S'ils ne font pas autre chose, c'est un léger péché. Mais si je donne à ma femme un mouchoir...

OTH. Eh bien?...
IAG. Il lui appartient, seigneur, et elle peut le donner à qui bon lui semble...
OTH. Mais l'honnêteté...

IAG.   Non visibile essenza
E' questa; pure il don d'un fazzoletto...

OTE. Per lo cielo! Oh! vorrei dimenticarlo.
Dicesti — e ciò di mia memoria è in cima,
Simile al corbo sull'infetta casa,
Nunzio di morte... il fazzoletto mio
Egli ebbe.

IAG.   E' ci son tristi ch'osan tutto;
Ed altri ben più tristi che, se appena
Ebber ventura per assidui preghi,
O spontaneo favor di donna amante,
Non pouno a men di novellarne...

OTE.   Ei dunque
Parlò?

IAG. Nulla dicea ch'egli non sia
Pronto anco a spergiurar, l'abbiate certo.

OTE. Che disse?

IAG.   Ch'egli fè... Non so che fece.

OTE. Che?

IAG.   Ch'ei fu accolto... dir n'ol so...

OTE.   Da lei?

IAG. Da lei, nelle sue stanze, qual vi piace.

OTE. Egli? con lei? con lei?... Oh vitupero!...
Il fazzoletto... Confession... Confessi...
E, per merce, strozzarlo... No... strozzarlo,
Confessi poi... Tremo tutto... Natura
Non potriano agitar furie sì grandi,
Senza un interno e giusto senso. Tremo
Ma non già per parole... Orribil cosa!
Ella?... Oh! come possibile?... le guancie,
Gli occhi suoi... sì, confessi!... il fazzoletto...
Oh demonio!...   *Cade svenuto.*

IAG.   O mio farmaco, lavora,
Lavora! Tal si pigliano codesti
Creduli spirti; e tal, con un accento,
Ne van perdute le più caste spose.
Olà, signor...

SCENA II

CASSIO, OTELLO, IAGO.

IAG.   Cassio?

CAS.   Che fu?

IAG.   Lo colse
Un insulto epilettico; già n'ebbe
Un altro, ieri.

CAS.   Oh! il soccorriam.

IAG.   Non fate.
E' un letargo che vuol libero corso,
O la schiuma gli viene a'labbri, e rompe
In frenesia selvaggia. Ecco, si move.
Tenetevi discosto : a riaversi
Non sarà tardo; e appena ei sia partito,
Ho grave cosa a dirvi.   *Cassio parte.*

IAG. Ce n'est pas une essence visible; cependant le don d'un mouchoir...

OTH. Par le ciel, je voudrais l'oublier. Tu as dit, et cela est gravé dans ma mémoire, semblable au corbeau sur la maison infecte, messager de mort... il eut mon mouchoir.

IAG. Il y a des malheureux qui osent tout; et d'autres, bien plus méchants encore, lesquels à peine ont-ils eu le bonheur de jouir, à la suite de longues prières, des faveurs d'une femme aimante, qu'ils ne peuvent se retenir d'en parler.

OTH. Il a donc parlé?

IAG. Il ne disait rien, qu'il ne soit prêt à nier en faussant le serment, soyez-en sûr.

OTH. Qu'a-t-il dit?

IAG. Qu'il a fait... Je ne sais pas ce qu'il a fait.

OTH. Quoi donc?

IAG. Qu'il a été reçu... je ne sais pas le dire...

OTH. Par elle?

IAG. Par elle, dans son appartement, comme il vous plaît.

OTH. Lui? avec elle? Oh! ma honte! le mouchoir... l'aveu... Qu'il l'avoue, et que pour le récompenser on l'étrangle!... Non... qu'on l'étrangle, et qu'ensuite il avoue. Je tremble de toute ma personne. De si horribles furies ne pourraient agiter la nature sans un sentiment juste et intime. Je tremble, mais non pas pour des paroles... Événement affreux! Elle?... Est-il possible?... Ses joues... ses yeux... Oui, c'est avoué... Le mouchoir... O démon...   *Il tombe évanoui.*

IAG. Allons travaille, ma médecine, travaille! Ainsi on attrape ces esprits incrédules, et ainsi avec un mot on perd l'épouse la plus chaste. Holà! seigneur.

SCÈNE II

CASSIO, OTHELLO, IAGO.

IAG. Cassio.

CAS. Qu'est-il arrivé?

IAG. Il a été frappé d'un coup d'apoplexie. Hier, il en été déjà atteint.

CAS. Il faut le secourir.

IAG. Laissez, c'est une léthargie qui doit faire son cours libre, ou il lui vient de l'écume sur les lèvres, et il éclate en une frénésie sauvage. Voici, il remue. Tenez-vous à l'écart, il ne tardera pas à se remettre, et à peine sera-t-il parti, j'ai à vous entretenir d'une chose bien grave.   *Cassio sort.*

SCENA III

OTELLO, IAGO.

IAG. Or come state, Capitano?

OTE. Di me gioco ti prendi?

IAG. Gioco? no, per il cielo! Ma vorrei
Vedervi almeno la sciagura vostra
Da uomo sopportar. Saperla infida
Meglio forse non è che al fianco suo,
Da lei tradito, ed in non proprio letto,
Senza tema dormire? E ciò non parmi
Un sarcasmo di Satana? La sorte
Ben meglio or v'asseconda. A udirmi state
Mentre pur dianzi vi premea deliro
Affanno (affanno d'uom che vi somigli
Non degno) Cassio sopravenne; ed io
Buona scusa recando della vostra
Smarrita mente, il discostai, dicendo
Che fra poco tornasse a parlar meco.
El mel promise. Ascoso or vi ponete,
El baffardi sogghigni ed il disprezzo
Notate, e l'ironia che dal suo viso
Traspare; io stesso a ridir l'avventura
Saprò condurlo; e dove, e come, e quanti
Ebbe favori dalla sposa vostra.
Solo avvisate i gesti suoi, vi dico.
Ma, pazienza; o stimerò che cieca
Furia v'arde, e d'uman più nulla è in voi.

OTE. Intendi, Iago? l'uom più saldo, in mia
Pazienza, esser vo'; ma l'uomo ancora
Più sanguinoso, intendi?

IAGO. E non a torto,
Ma, in tutto, a tempo. Qui vicino intanto
Nascordervi volete?   *Otello si ritira in disparte.*
          Ed io novella
A Cassio chiederò di quella Bianca,
Fior di donna che pan si compra e panni
Con la bellezza sua; so che di Cassio
Costei va pazza e sei che n'oda il nome
Egli, in cambio, prorompe in alte risa.

SCENA IV

CASSIO, IAGO, OTELLO in disparte. Ritorna Cassio.

IAG. Eccolo. — Solo ch'ei sogghigni, e Otello,
In sua cieca e furente gelosia,
Travolge il riso, il gesto, e il modo impronto
Di cotesto tapin. — Luogotenente,
Or come va?

CAS. Peggio che mai, se ancora
Vi piace con quel titolo nomarmi
Che, perduto, m'uccide.

IAG. A favor vostro
Desdemona piegate; ed il successo

SCÈNE III

OTHELLO, IAGO.

IAG. Comment allez-vous maintenant, général.

OTH. Te moques-tu de moi?

IAG. Me moquer de vous? Non, par le ciel. Mais je voudrais du moins vous voir supporter votre malheur en homme. Ne vaut-il pas mieux savoir qu'elle est infidèle, que trahi par elle, coucher sans crainte à ses côtés dans un lit qui ne vous appartient plus? Le sort vous sert maintenant bien mieux. Écoutez-moi : pendant que tout à l'heure vous étiez opprimé par le délire d'une douleur qui n'est pas digne d'un homme votre pareil, arriva Cassio : et moi, tout en lui donnant une bonne raison de votre esprit égaré, je l'ai éloigné, en lui disant de revenir tantôt pour me parler. Il me l'a promis. Cachez-vous, et remarquez son sourire moqueur, son mépris et l'ironie de son visage ! Moi-même, je saurai l'entraîner à raconter l'aventure et où, comment et combien de faveurs il a eu de votre épouse. Seulement, je vous dis de faire bien attention à ses gestes. Mais prenez patience, ou je croirai qu'une furie aveugle vous consume, et qu'il n'y a plus rien d'humain en vous.

OTH. Écoutez, Iago. Je veux être l'homme le plus fort dans sa patience; mais en même temps je veux être l'homme le plus sanguinaire.

IAG. Et vous n'avez pas tort. Mais, tout à propos... voulez-vous, en attendant, vous cacher ici près. (Othello se retire.) Je demanderai à Cassio des nouvelles de Blanche, cette femme qui achète le pain et les habits avec sa beauté. Je sais qu'elle est folle d'amour pour Cassio; et lui, dès qu'il entend prononcer son nom, il éclate de rire.

SCÈNE IV

CASSIO, IAGO, OTHELLO, à part.

Cassio rentre.

IAG. Le voici. Il n'a qu'à sourire, et Othello, dans sa jalousie aveugle et violente, tournera tout à mal, le rire, les gestes et les manières improvisées de ce malheureux. — Lieutenant Cassio, comment allez-vous maintenant?

CAS. Pire que jamais, s'il vous plaît m'appeler encore de ce titre dont la perte me tue.

IAG. Fléchissez Desdémona en votre faveur, et soyez sûr du succès [illegible] de cette

Tenete certo. (Poi a voce sommessa.) Se codesta grazia
Fosse in mano di Bianca, oh come pronta
Consequita l'avreste?

CAS.   Ah! poverina...

OTE., da se. Come sorride già!

IAG.   Donna che tanto
Amasse un'uom, non vidi mai.

CAS.   Ben credo
Che m'ami; ell'è sì buona.

OTE. da se.   Or debilmente
Niega, e sogghigna.

IAG.   Comprendete, Cassio?

OTE., da se. Ora lo preme che gli narri il tutto.
Via prosegui; ben dici, oh sì! ben dici.

IAG. a voce bassa. Ella contando va che la sposate
N'avete voi pensiero?

CAS.   Ah! ah!

OTE., da se.   Trionfi,
O Romano, trionfi?

CAS.   E che? sposarla,
Io? Del mio senno abbi mercè; sì guasto
Non è ancor

OTE. da se. Ridi, sì? Ride chi vinse.
Ecco, Iago fa cenno; ora il racconto
Comincia.

CAS.   Ella, pur dianzi, a me ne venne;
Sempre, ovunque mi segue. Io me ne stava
L'altro dì ragionando in riva al mare,
Con certi amici di Venezia, quando
Sorvien la folle giovine, ed al collo
Mi s'avvince, e a me tutta s'abbandonna.

OTE., da se. I lor diletti, per certo, or gli narra...
Oh! i veltri, a cui gittar vo' l'ossa tue,
Dove sono?...

CAS.   Fra l'ira, e il pianger rotto
Prese ella a rampognarmi; e la ragione
N'era un trapunto fazzoletto... E'questo!
Vedete; che il trovò nelle mie stanze
Dicea...

OTE. Ciel! quello è il fazzoletto mio!

CAS. Affè, m'attedia sì che, ad ogni istante,
Vederla parmi sù miei passi; ed ora
Perchè qui non mi colga, io devo, amico,
Lasciarvi. Addio.

IAG.   Ci rivedremo.   Cassio parte.

SCENA V

OTELLO, IAGO.

OTE.   Iago,
Qual morte gli darò?

IAG.   Com' egli rise
Vedeste? Udiste ben?

OTE.   Qui, dentro il core
S'impietrò; lo percuoto, et la mia mano

grâce dépendait de Blanche, tu l'aurais obtenue
bientôt.

CAS. Ah! la pauvre femme.

OTH. (à part.) Comme il sourit déjà!

IAG. Je ne vis jamais une femme aimer autant
un homme.

CAS. Je crois bien qu'elle m'aime; elle est si
bonne.

OTH. (à part). Maintenant il nie faiblement et
sourit.

IAG. Entendez-vous, Cassio?

OTH. (à part). Maintenant il l'engage à lui raconter tout. — Allons; continue : tu dis bien; oh oui,
tu dis bien!

IAG. (tout bas). Elle affirme que vous allez
l'épouser. En avez-vous la pensée?

CAS. Ah! ah!

OTH. Tu triomphes, Romain!

CAS. Quoi? moi l'épouser? Aies pitié de ma raison : elle n'est pas encore ainsi perdue.

OTH. (à part.) Ris donc, oui. Celui qui a vaincu
rit seulement. Mais voici Iago qui fait un signe :
il va commencer le récit.

CAS. Tantôt elle est venue vers moi; elle me
suit toujours partout. Avant-hier j'étais à cau-
ser au bord de la mer avec quelques amis de
Venise, lorsqu'arriva cette jeune fille étourdie, elle
se jeta à mon cou et s'abandonna entièrement à
moi.

OTH. (à part.) Maintenant il lui raconte leurs plaisirs. Ah! où sont-ils les chiens à qui je veux jeter
tes os.

CAS. Pleurant dans sa colère, elle commença à
me faire des reproches, et la cause en était un
mouchoir brodé... C'est celui-ci, voyez-le; elle
disait l'avoir trouvé dans mon appartement.

OTH. (à part.) Ciel! C'est mon mouchoir.

CAS. Sur ma foi, elle m'ennuie tellement, qu'à
chaque instant je crois la voir suivre mes pas; et
maintenant, afin qu'elle ne me trouve ici, je dois,
mon ami, vous quitter. Adieu!

IAG. Nous nous reverrons. (Cassio sort.)

SCENE V

OTELLO, IAGO.

OTH. Iago, quelle mort dois-je lui donner?

IAG. Avez-vous aperçu comment il riait?
Avez-vous bien entendu?

OTH. Ici mon cœur s'est pétrifié : je le frappe, et
ma main se blesse. — Oh! le ciel n'eut jamais de

Impiaga. Oh! mai più dolce creatura
Non ebbe il mondo... Tu, per questa notte,
Qualche veleno dammi, Iago! A lei
Non chiederò ragion... La sua bellezza
Disarmarmi potria... Per questa notte!

IAG. Non usate il velen : nel letto suo,
In quel letto da lei contaminato,
Soffogarla dovete.

OTE.   E' giusta morte.
Si, bene stà ; mi piace.

IAG.   In quanto a Cassio,
A me la cura. Pria di mezzanotte,
Ne saprete di più.   Suono di trombe.

OTE.   Qual suono è questo?

IAG. A quel che parmi, è un messo di Venezia.
Si, quegli è Lodovico, e vien con lui
La sposa vostra.

SCENA VI

LODOVICO, DESDEMONA e Seguito. I Precedenti.

LOD.   A voi mandan salute
Il Doge di Venezia e i Senatori.
                        Consegna ad Otello un dispaccio.
OTE. Bacio il foglio custode del sovrano
Loro piacer.   Apre il dispaccio e legge.
LOD.   Quale mandar vi piaccia
Riposta attenderemo. (A Desd.) O mia cugina,
Di vedervi son lieto. — E dov' è Cassio?
No' l rincontrammo al scender nostro.

DES.   Un' aspra
Querela accadde fra il mio sposo e lui;
Ma ogni cosa per voi sarà composta.

OTE. Certa ne siete?...
DES.   Mio signor!
OTE., leggendo.   « Per voi
« A questo non si manchi, ove non sia... »

LOD. Non si rivolse a voi, nel foglio è assorto. —
Dunque fra Cassio e lui nacque sciaura?

DES. Oh! la più trista : onde tornarli in pace
Non so dir che farei per quell'affetto,
Che porto a Cassio.

OTE.   O fulmini del cielo!
DES. Signore!
OTE.   Avete senno? Or chi'l direbbe?

DES. Che mai v'adira ?
OTE.   In ver?
DES.   Perchè, o signore!
Otello mio, perchè ?

OTE.   Ditemi!
           La percuote co' fogli che tiene fra le mani.

---

plus douce créature. — Toi, donne-moi quelque
poison pour cette nuit. — Je n'entrerai pas en
explication avec elle... Sa beauté pourrait me
faire fléchir... Pour cette nuit...

IAG. N'employez pas le poison. Vous devez
l'étouffer dans son lit ; dans ce lit qu'elle a souillé.

OTH. C'est une mort juste. Ainsi, c'est bien :
cette idée me plaît.
IAG. Quant à Cassio, je m'en charge. Avant
minuit vous en saurez davantage.
                 On entend des trompettes.
OTH. Ce son, qu'est-il?
IAG. A ce qui paraît, c'est un messager de
Venise. Oui, c'est Ludovic, et votre épouse vient
avec lui.

SCÈNE VI

LUDOVIC, DESDÉMONA, avec suite, et LES PRÉ-
CÉDENTS.

LUD. Le doge de Venise et les sénateurs vous
saluent.   Il donne une dépêche à Othello.

OTH. Je baise cet écrit qui renferme leurs ordres souverains.   Il ouvre la dépêche et lit.
LUD. Nous attendrons la réponse qu'il vous
plaira d'envoyer. (A Desdémona.) O ma cousine !
que je suis heureux de vous voir. Et Cassio, où
est-il ? Nous ne l'avons pas aperçu à notre arrivée.
DES. Il est survenu une grave mésintelligence
entre lui et mon époux. Mais, grâce à vous, tout
sera arrangé.
OTH. En êtes-vous bien sûre?
DES. Seigneur...
OTH. Lisant. « Ne manquez pas à cela, s'il n'est
pas..... »
LUD. Il ne s'est pas adressé à vous ; il est ab-
sorbé dans sa lecture. Donc il s'est élevé une di-
vision entre lui et Cassio ?
DES. Oh ! la plus malheureuse ; et je ne sais pas
ce que je ferai pour les réconcilier, par l'affection
que j'ai pour Cassio.
OTH. O foudres du ciel !
DES. Seigneur !...
OTH. Avez-vous votre raison? Qui aurait pu le
dire ?
DES. Qu'est-ce qui vous met en colère?
OTH. Vraiment?
DES. Pourquoi, seigneur? Mon Othello, pour-
quoi?
OTH. Démon ! (Il la frappe avec l'écrit qu'il a dans
sa main.)

DES.   A questo
Mi serbate ?

LOD.   Signor, nullo in Venezia
Prestar fede potrebbe a tanto eccesso,
Se pur giurassi ch' io lo vidi. E' troppo !
Fatene ammenda : oh! la vedete, piange.

OTE. Via !

DES.   Per non farvi offesa, v'obbedisco.
In atto di partire.

LOD. Vedetela oh ve'n prego! una parola
Dite che la richiami a voi...

OTE.   Madonna !
Eccola. Che bramate ?

LOD.   Io ?

OTE.   Non diceste
Che volger la facessi? Ecco, si volge,
E va, e torna, e pianger sa. Piangete,
Piangete pure, — E' obbediente, et dolce...
Si, dolce tanto... Signor, questo foglio
Mi richiama a Venezia... Oh! si perfetto
Di dolor simulacro! Or via, partite!
A Desdemona poi a Lodovico.
Al Decreto obbedisco, ed a Venezia
Faro' ritorno. (A Desdemona.) Via, d'uscir vi dissi.
Desdemona parte.
Cassio avrà la mia vice : in questa notte,
Signor, v'invito a cenar meco : siate
In Cipro il benvenuto. O infamia,o lezzo!   Parte.

SCENA VII

IAGO, LODOVICO.

LOD. E' questi il nobil Moro, che il senato,
Ad una voce, proclamò bastante
Alle imprese più alte? E quella eletta
Natura è questa, cui nessuno affetto
Vale a crollar? La cui virtù possente
L'urto del caso o della sorte il dardo
Non isfregia, nè fere ?

IAG.   E' ben mutato.

LOD. Ha l'intelletto sano? il suo cerebro
Non è svanito?

IAG.   E' quel ch' egli è; se quale
Dovrebbe non è più, l'aiti Il cielo.

LED. Percuoter la sua donna?

IAG.   È grave oltraggio,
In fede mia; ma pur vorrei, ve'l giuro
Che Il peggoir colpo questo fosse.

LOD.   In lui
Forse è costume? O del senato i fogli
L'han pur ora sospinto a un primo eccesso?

IAG. Ohimè! saria contro onestà peccato
Dir ciò che vidi e seppi. Io vedo e taccio.
I portamenti suoi meglio potete
Spiar voi stesso, nè di mie parole
Aver bisogno.

DES. C'est à cela que vous me destinez ?

LUD. Seigneur, personne à Venise ne pourrait croire à cet excès, quand même je jurerais que je l'ai vu. C'est trop ! consolez-la : vous la voyez, elle pleure.

OTH. Partez.

DES. Je vous obéis pour ne pas vous offenser.
Voulant partir.
LUD. Regardez-la, je vous en prie, dites un mot qui la rappelle à vous.

OTH. Madame! — La voici : que voulez-vous ?

LUD. Moi ?

OTH. Ne m'avez-vous pas dit que je la fisse revenir ? La voilà qui vient, part, revient, et sait pleurer. — Pleurez, pleurez. — Elle est soumise et douce... oui, si douce... Seigneur, cette dépéche me rappelle à Venise. — O vous! simulacre si parfait de douleur, sortez! (à Desdémona. Ensuite à Ludovic.) J'obéis au décret, je retournerai à Venise. (A Desdémona.) Je vous ai dit de sortir. (Desdémona sort.) Cassio prendra ma place. Seigneur, je vous invite à souper avec moi cette nuit. — Soyez le bienvenu en Chypre. — O infamie! ô corruption !   Il sort.

SCÈNE VII

IAGO, LUDOVIC.

LUD. Est-ce là le noble More que le sénat, d'une voix unanime, proclame capable des plus grandes entreprises? Est-ce bien ce grand caractère qu'aucune passion ne peut ébranler? Cette vertu naissante que le choc du hasard ou les traits du sort ne peuvent offenser ou blesser ?

IAG. Il est bien changé.

LUD. A-t-il l'intelligence saine! Sa raison ne s'est-elle pas égarée?

IAG. Il est ce qu'il est. S'il n'est plus ce qu'il devrait être, que le ciel vienne à son aide.

LUD. Frapper sa femme !

IAG. Sur ma foi, c'est un grand outrage; je voudrais cependant, je vous jure, que ce fût le plus grand de ses excès.

LUD. Est-ce en lui peut-être une habitude? ou bien la lettre du sénat l'a-t-elle poussé à ce premier excès ?

IAG. Hélas ! ce serait prêcher contre la pudeur que de révéler ce que j'ai vu et ce que je sais. Je vois et je me tais. Vous pouvez mieux observer sa conduite par vous-même sans avoir besoin de mes paroles.

LOD. Ed io sì caro il tenni !
Di lui troppo m'illusi e in ver mi duole.
Partono.

SCENA VIII

OTELLO, EMILIA.

OTE. Nulla dunque vedeste?
EMI. E nulla udii
Nè ebbi mai sospetto.
OTE. Eppure, insieme
Voi li vedeste, Cassio e lei.
EMI. Ma un guardo
Men che onesto non vidi.
OTE. E mai sommesso
Non parlavano?
EMI. No.
OTE. Nè in altra parte
Mai vi mandaro, con alcun pretesto ?
EMI. Neppure.
OTE. È strano.
EMI. L'innocenza sua,
La sua fede v'attesto, e darne pegno
Vorrei l'anima mia. S'altro pensiero
N'avete, egli è pensier che il cuor vi guasta.
Se ve'l diede alcun tristo, sia l'eterna
Maledizion del serpe il suo compenso.
Ov'ella mai pura e fida non fosse,
Uomo non v'è felice in terra; e sozza
Al par della calunnia è la più pura
Delle donne.
OTE. Non più : dessa qui venga.
Emilia esce.
Abbastanza dicea. Costei, del resto,
È una complice astuta nè, potrebbe
Di soverchio svelar; d'infamie ascose
Essa le chiavi tien ; pur s'inginocchia
E prega il cielo ; sì ben io la vidi.

SCENA IX

OTELLO, EMILIA, DESDEMONA.

DES. Che volete, signor ?
OTE. Vieni, amor mio.
DES. E che bramate ?
OTE. Vederti negli occhi.
Guardami in viso.
DES. Deh ! quel mal vi accende,
Orribil fantasia ?
OTE., ad Emilia. Soli gli amanti
La femmina che il vostro uffìcio imita,
Lascia, e discreta si ritragge; dove
Alcun sorvegna ne dà il cenno. Uscite,
Presto al compito vostro. *Emilia parte.*

LUD. Et moi je l'ai tant aimé! Je me suis trop
illusionné sur lui, et je le regrette.
Ils sortent.

SCÈNE VIII

OTHELLO, ÉMILIA.

OTH. Vous n'avez donc rien vu ?
ÉMI. Je n'ai jamais rien vu, et je n'ai jamais eu
de soupçon.
OTH. Cependant vous les avez vus ensemble, elle
et Cassio ?
ÉMI. Mais je n'ai jamais vu un regard qui ne fût
pas honnête.
OTH. Et ils ne parlaient pas tout bas ?
ÉMI. Non.
OTH. Et ils ne vous ont jamais renvoyée ailleurs
sous quelque prétexte?
ÉMI. Non plus.
OTH. C'est bien étrange.
ÉMI. Je vous atteste son innocence et sa foi, et
je voudrais en donner mon âme pour gage. Si vous
en avez une autre idée, cette idée vous gâte le
cœur. Si quelque fripon vous l'a suggérée, que la
malédiction du serpent en soit la récompense. S'il
elle n'était pas fidèle et innocente, il n'y a pas
d'homme heureux sur la terre, et la femme la plus
pure, elle aussi, est souillée par la calomnie.

OTH. Assez. Qu'elle vienne ici. (*Émilia sort.*) Elle
en a dit assez. Au reste, celle-ci est une complice
adroite, et ne pourrait pas trop en révéler. Elle a
la clef des infamies cachées : cependant elle prie
le ciel à genoux; je l'ai vu moi-même.

SCÈNE IX

OTHELLO, ÉMILIA, DESDÉMONA.

DES. Seigneur, que voulez-vous?
OTH. Viens mon amour.
DES. Que désirez-vous?
OTH. Voir dans tes yeux. — Regarde-moi en
face.
DES. Quelle horrible fantaisie vous prend ?

OTH. à Émilia. La femme qui remplit vos fonctions, laisse les amants seuls, se retire discrètement
et si quelqu'un survient elle en avertit. — Sortez
vite, allez à votre office. *Émilia sort.*

DES. Inginocchiata.
A voi, signor... Che ponno i vostri detti
Significar ? Qual furia v' arde intendo,
La parole non già,
OTE. Chi sei ?
DES. Signore,
Moglie vostra, leale e fida moglie.

OTE. Vieni, il giura e ti danna : una celeste
Mirar credendo, gli spirti d'abisso
Anch' essi han tema d'afferrarti. Due
Volte dannata sii tu dunque ! Giura
Che sei fedele.
DES. Lo sa il ciel ch' è vero.
OTE. Che perfida sè tu come l'inferno,
Questo il Ciel sa.

DES. Che feci io mai, signore;
A chi perfida?... E come?...
OTE. Vanne lunge,
Desdemona, da me... Lasciami vanne ! Piange.

DES. Ahi ! di fatal ! Perchè piangete ? Forse
Di questo pianto la cagion son io ?
Se in voi nacque sospetto che in Venezia
Richiamar vi facesse il padre mio,
Deh ! l'ira vostra su me non versate.
Se il perdeste, anch'io, tassa ! lo perdei
OTE. Fosse piaciuto al Ciel far di me prova
Colla sciagura, e sovra il capo ignudo
Qualunque riversarmi onta o dolore ;
Farmi captivo, di miseria in fondo
Precipitarmi, in un colle più care
Mie speranze ! Oh trovar potre i attora
Stilla dit pazïenza in qualche ascosa
Parte dell' alma mia. Ma ohimè ! vedermi
Abbietto segno allo scherno, che sempre
Ver me il suo pigro immobil dito appunta...
Ahi ! Ahi !... Pur, la virtù di sopportarlo
Rinvenuta, per fermo, in me l'avrei ;
Ma l'asilo ove posi del mio core
Il tesoro, ov' io deggio viver sempre,
O non aver più vita, il puro fonte
Nhe nutre la mia vita, esserne a forza
Spodestato, o vederla in sozzo stagno,
Stanza d'immondi rettili, mutarsi !...
A tal pensiero, o virtù rassegnata,
Angiol soave dai rosati labbri,
T'i discolori, ed atro il tuo sembiante
Si fà, come l'inferno.
DES. Oh ! pura almeno.
Mi credete, signor.
OTE. Vituperata !
O fior maligno, che si bello sei,
E si soave odori che d'ebbrezza
Ogni senso ferissi, oh ! tu non fossi
Nato giammai !
DES. Lassa me ! qual delitto,
Ignorando commisi ?
OTE. Ed era il tuo
Casto viso creato, onde soltanro
Scritto vi fosse d'impudica il nome ?
Quale delitto è il tuo ? s' io lo dicessi,

DES. A vos genoux, seigneur... Que signifie votre discours ? Je comprends qu'une furie vous agite ; mais je ne comprends pas vos paroles.

OTH. Qui es-tu ?

DES. Seigneur, votre femme, votre femme honnête et fidèle.

OTH. Viens, jure-le, et damne-toi : croyant voir une créature céleste, les esprits de l'enfer eux-mêmes n'oseraient pas s'en emparer. Tu es donc deux fois damnée! Jure que tu m'es fidèle.

DES. Le ciel sait que cela est vrai.

OTH. Le ciel sait que tu es perfide comme l'enfer.

DES. Qu'ai-je fait, seigneur? Pourquoi perfide ? Et comment.

OTH. Desdemona, éloigne-toi de moi... Laisse-moi, va-t-en. Il pleure.

DES. O jour funeste ! Pourquoi pleurez-vous. Peut-être suis-je la cause de ces pleurs. Si vous soupçonnez que mon père vous ait fait rappeler à Venise, que votre colère ne tombe pas sur moi. Si vous avez perdu, moi je l'ai perdu aussi.

OTH. S'il avait plu au ciel de m'éprouver par le malheur; s'il avait voulu accumuler sur ma tête toute espèce d'humiliations et de douleurs, s'il m'eût jeté dans les fers et précipité avec mes plus chères espérances dans l'abime de la misère, j'aurais toujours trouvé dans quelque repli de mon cœur un reste de patience. Mais, hélas ! me voir rendu vil objet du mépris, qui dirige constamment son doigt immobile et paresseux vers moi. — Hélas!... hélas !... Cependant j'aurais, certes, retrouvé en moi la vertu nécessaire pour le supporter. Mais l'asile où j'avais placé le bonheur de mon cœur, où je dois vivre toujours ou ne plus avoir de vie ; la source qui nourrissait mon existence, en être dépossédé de force, la voir changée en un marais impur, demeure de reptiles immondes. A cette idée, toi-même, vertu résignée, doux ange aux lèvres de rose, tu pâlis et ton visage devient sombre comme l'enfer.

DES. Du moins, seigneur, vous me croyez vertueuse.

OTH. Déshonorée ! Fleur empoisonnée, toi qui es si belle, et répands de si doux parfums, et enivres tous les sens, ah ! ne fusses-tu jamais née !

DES. Hélas! quel crime ai-je commis sans le savoir.

OTH. Ton chaste visage avait-il été fait pour qu'on y écrivît seulement le nom d'impudique ? Quel est ton crime? Ah! si je le disais, femme

O vil femmina, al mondo, ogni pudore
Saria morto per sempre. Che facesti ?
Copre il Cielo la faccia, le pupille
Chiudono gli astri, ed il vento lascivo
Jugge in sen della terra... che facesti ?
Infame chuda ! infame druda.

DES.   Oh Ciel ! mi fate ol-
OTH. Adultera non sei.   [traggio,
DES.   No, com' è vero
Che son cristiana...
OTH.   Tu no'l sei.
DES.   No' l sono,
Per l'alma mia, per la salute eterna,

OTH. È possibile !
DES.   Oh Dio, pietà di noi !
OTH. Perdon vi chieggo, io m'ingannai : l'astuta
Veneta cortigiana io vi credea,
Che per amor lasciò il paterno tetto,
E andò sposa d'Otello, (a Emilia che ritorna.) E voi, che
Discreto, onesto ufficio, in si perfetto   [il vostro
Modo adempiste, ecco, per voi, dell oro.
Serbatevi segreta.   Parte.

coupable, toute pudeur serait à jamais éteinte
dans le monde. — Qu'as-tu fait? Le ciel révolté
couvre son visage, les astres ferment leurs yeux,
et le vent lascif fuit dans les entrailles de la
terre... Qu'as-tu fait?... concubine infâme.

DES. Ciel ! vous m'outragez!
OTH. N'es-tu pas adultère?
DES. Non, aussi vrai que je suis chrétienne.

OTH. Tu ne l'es pas.
DES. Je ne le suis pas pour mon âme, pour
mon salut éternel?
OTH. Est-il possible !
DES. Grand Dieu ! pitié de nous !
OTH. Je vous demande pardon, je m'étais
trompé. Je vous prenais pour cette courtisane
rusée de Venise, qui par amour quitta la maison
paternelle et épousa Otbello. (A Emilia qui rentre.)
Et vous qui avez si bien rempli votre office honnête et discret, voici de l'or, gardez le secret.

Il sort.

SCENA X

EMILIA, DESDEMONA.

EMI.   Oh ! di che mai
Va sognando? che avete, o mia signora ?
DES. Sognai, cred' io.

EMI.   Con lui, deh ! che vi accadde ?
DES. Con chi ?
EMI.   Col signor mio.
DES.   Ma quale ?... Ah ! taci ,
O Emilia ; poichè piangere non posso,
E se riposta avessi a farti, solo
Le potrei col mio pianto. — In questa notte,
La coltre nuzial ponmi sul letto,
Tu ne ricordi : or chiamami il tuo sposo.

EMI. Qual mutamento, ohimè !   Parte.
DES.   Giusta è, ben giusta
La pena mia... La casa di mio padre,
Figlia immemore, ingrata, abbandonai,
Ma i suoi sospetti, le rampogne, e questo
Furor che si il possiede... Oh ! che mai feci,
Perch' esso del maggior d'ogni peccato
Solo un lieve sospetto in me ponesse ?

SCÈNE X

ÉMILIA, DESDÉMONA.

ÉMI. Que rêve-t-il donc? Qu'avez-vous, madame?
DES. Je crois avoir rêvé.
ÉMI. De grâce, que vous est-il arrivé avec lui?
DES. Avec qui?
ÉMI. Avec monseigneur.
DES. Mais lequel? Oh ! tais-toi, Émilia, si j'a-
vais une réponse à te donner, je ne pourrais le
faire qu'avec mes larmes, mais je ne puis pas
pleurer ; cette nuit place sur mon lit la couverture
nuptiale ne l'oublie pas. Maintenant fais venir
ton époux.
ÉMI. Quel changement, mon Dieu ! Emilia sort.
DES. Mon châtiment est juste, oui, bien juste!
fille méconnaissante et ingrate, j'ai abandonné
la maison de mon père. Mais ses soupçons, ses
reproches, et cette fureur qui s'est emparée de
lui... Qu'ai-je donc fait pour qu'il me soupçonne
même d'avoir commis le plus grand péché.

SCENA XI

DESDEMONA, EMILIA con IAGO.

IAG. Eccomi al cenno vostro, o mia signora.
Che bramate ?

DES.   No' l so. Chi d'un fanciullo
Si fa maestro, gentil modo adopra,

SCÈNE XI

DESDÉMONA, ÉMILIA avec IAGO.

IAG. Me voici à vos ordres, madame, que désirez-vous?
DES. Je ne sais pas. Celui qui se fait le maître
d'un enfant emploie des manières douces et es-

4.

E lievi pene ognor ; punisce ed ama.
Tal punirmi ei dovea ; chè s'altri appena
Mi fa ranpogna, io son come un fanciullo.

IAG. Ma che avvenne ?
EMI. D'oltraggio e disonore
Ei la coperse, Iago ; osò nomarla,
Mentitrice ed infame... Ah! non v' è core
Che sopporti cotanto.
IAG. E come a questo
Ei trascorrea ?
DES. L'ignoro ; ma per certo
Io non son qual' ei disse.
IAG. Non piangete,
Non piangete !
EMI. Che' io possa cader morta,
Se alcun perverso non mai stanco, od altro
Schiavo piaggiante e accorto, per vil sete
D'impiego, non foggiò la rea calunnia,
Che morta io cada.
IAG. Esser non può : tal uomo
Non v'ha in terra.
DES. Se v' ha Dio gli perdoni.
EMI. Perdonargli ! Che dite ? Ei sia balzato
Dal capestro all' inferno. Oh! il conoscessi
Quel traditor che illuse il Moro. È certo
Un dì que' tristi che a voi pure il senno
Avean travolto, e a sospettarmi infida
Un dì vi han tratto per cagion del Moro.
Smaschera, o ciel, cotesti vili, e l' armi
Poni in man d'ogni onesto.

IAG. I vostri incauti
Parlar, or via frenate...
DES. O buono Iago,
Comme racquisterò del signor mio
L'affetto ? Udite, amico, a lui n' andate :
Com' io l'abbia perduto, ohimè! per questa
Luce del ciel, non so. — Qui m'inginocchio.
Se mai d'opra io falliva o di pensiero
Volente all' amor suo, se in altro oggetto
Che in lui, mi piacqui, se qual era e sempre
Sarà, bench' ei mi sprezzi, e con fatale
Divorzio mi discacci, ancor non l'amo
D'amore immenso, oh ! che diserta io sia
D' ogni conforto ! Ponno i duri modi
E può l'asprezza sua tormi la vita
Ma rapirmi l'amor non saprà mai.

IAG. Tornate in calma ; pura fantasia
Sol fu ; cura di stato è che l'affanna,
E'l maltalento suo con voi disfoga.
Squillo di trombe.
Udite, è il suono che il convito annunzia.
I Veneti inviati ad aspettarvi
Già stanno ; andate, e non piangete ! a lieto
Fine tutto uscirà.
Desdemona ed Emilia partono ; Iago le accompagna, et ri-
tornando s'incontra con Rodrigo, che vienne dall' opposto
lato.

légères punitions ; il punit et aime. C'est ainsi qu'il devait me punir, car si un autre me fait un reproche, je suis comme un enfant.

IAG. Mais qu'est-il arrivé ?

ÉMI. Iago, il l'a accablée d'outrages et de déshonneur ; il a osé l'appeler menteuse et infâme. Ah! il n'y a pas de cœur qui puisse supporter cela.

IAG. Mais quelle est la cause de son emportement ?

DES. Je l'ignore ; mais, bien sûr, je ne suis pas ce qu'il dit.

IAG. Ne pleurez pas, ne pleurez pas !

ÉMI. Que je meure, si quelque pervers consommé, ou quelque autre esclave flatteur et rusé, poussé par la soif d'une place, n'a pas inventé cette calomnie! Oui, que je meure, s'il n'en est pas ainsi !

IAG. Cela est impossible. Un homme pareil n'existe pas sur la terre.

DES. S'il existe, que Dieu lui pardonne.

ÉMI. Lui pardonner? Que dites-vous? Qu'il soit lancé de la potence à l'enfer. Oh! si je connaissais le traître qui a trompé le More. Certes, ce doit être un de ces fripons qui vous avaient renversé la tête et vous avaient poussée un jour à me soupçonner infidèle à cause du More. Ciel! démasquez ces lâches et mettez les armes à la main de chaque honnête homme !

IAG. Contenez vos discours imprudents.

DES. Bon Iago, comment ferai-je pour ravoir l'amour de mon seigneur ? Écoutez, mon ami, allez vers lui. Hélas! par la lumière du ciel, j'ignore comment je l'ai perdu. Je tombe à genoux. Si jamais dans mes actions, dans mes pensées, j'ai volontairement péché contre son amour ; si jamais j'ai trouvé plaisir en d'autre que lui, si je ne l'aime encore, comme je l'ai toujours aimé, comme je l'aimerai toujours d'un amour immense, qu'il me méprise, qu'il me rejette par un divorce, et que je sois privée de toute consolation. Il peut, par sa dureté, m'arracher la vie, mais il ne saura jamais détruire mon amour.

IAG. Calmez-vous. Ce n'est qu'un sombre caprice ; les affaires de l'État le tourmentent, et il exhale avec toi sa mauvaise humeur (On entend le son des trompettes). Écoutez le son qui annonce le banquet. Les envoyés de Venise vous attendent déjà. Allez, et ne pleurez pas ; tout ira bien.

Desdémona et Émilia sortent, Iago les accompagne ; en revenant, il rencontre Rodrigo qui vient du côté opposé.

SCENA XII

RODRIGO, IAGO.

IAG.   Dunque, Rodrigo ?
ROD. Tu leale non sei.
IAG.   Qual prova ?
ROD.   L'offa
Ogni dì tu mi dai con nuova astuzia ;
Non che recarmi almen della speranza
Il più tenue favore, ogni opportuna
Occasion mi togli. Ogni mio bene
Io l'ho sprecato già ; bastanti al certo
A sedur la vestale più ritrosa.
Erano que' giojelli ch' io vi porsi
Per Desdemona. E voi non mi diceste
Che dessa aveali accolti ? e con lusinghe
Di non tardi favori e di compensi
Non mi feste ricambio ? Or nulla io veggo.
  IAG. Seguite ; bene sta.
  ROD.   Seguite ? e come ?
Ma non posso seguir, messere mio.
Non istà bene affatto, anzi è un indegna
Cosa, lo giuro ;   e a credermi incomincio
Vostro trastullo.
  IAG.   Bene sta.
  ROD.   Ma il giuro,
Vo'chiedervi, ed avrò, da voi ragione.
  IAG. Tutto diceste ?
  ROD.   E sono pronta all' opra
  IAG. Bene : or veggo che al cuore, e da tal punto,
Miglior che prima non avessi, piglio
Opinion di te. Dammi la destra.
O Rodrigo ; ver me giusto sospetto.
Nudristi, eppure, in ciò che si ti preme,
Oprai con tutta lealtà, le giuro.

  ROD. Così non parve.
  IAG.   E' ver, non parve ; e senza.
Ragion non era e senza senno il suo
Sospetto ; pur, se un te quel ch'ora debbo
Credere più che mai, vo'dir, Rodrigo,
Mente accorta, man pronta e saldo core.
In questa notte il mostra ; e poi, m'ascolta :
Se alla vegnente non è tua la bella
Desdemona, allor perfido mi noma,
E studia pur come strapparmi il core.
  ROD. Che ? v'ha speranza ancora ?
  IAG.   O messer, sappi,
Ordine espresso di Venezia è giunto
Che investe Cassio del poter d'Otello.

  ROD. Come? È vero ? Desdemona ed Otello
A Venezia così faran ritorno.
  IAGO Mai no ; se ne va desso in Mauritania.
E la gentil Desdemona con lui,
Se caso non avvien che il suo soggiorno
Qui non prolunghi ; e nulla a questo fine
Meglio varrà, che il tor di mezzo Cassio.

  ROD. E che intendete dir, torlo di mezzo ?

SCENE XII

RODRIGO, IAGO.

IAG. Eh bien ! Rodrigo ?
ROD. Tu n'es pas loyal.
IAG. Quelle preuve en as-tu ?
ROD. Tu te joues tous les jours de moi avec une nouvelle ruse, et loin de me donner le moindre espoir, tu m'ôtes toute occasion favorable. J'ai déjà dépensé tout mon bien. Les bijoux que je vous ai donnés pour Desdémona auraient suffi pour séduire la vestale la plus chaste. Ne m'avez-vous pas dit qu'elle les avait agréés ? Ne m'avez-vous pas flatté de la faveur prochaine de ses grâces ? Mais, je ne vois rien cependant.

IAG. Continuez, c'est bien.
ROD. Continuez, et comment ? Je ne le puis. Cela n'est pas bien du tout, c'est même une chose indigne, je le jure, et je commence à me croire votre dupe.
IAG. Fort bien.
ROD. Mais, je le jure, je veux vous demander raison, et je l'aurai.
IAG. Avez-vous fini ?
ROD. Et je suis prêt à l'exécuter.
IAG. C'est bien ; maintenant je crois que tu as du cœur, et, dès ce moment, je commence à avoir meilleure opinion de toi. Rodrigo, donne-moi ta main ; tu m'as justement soupçonné ; cependant, je le jure, j'ai agi avec loyauté dans tout ce qui te regarde.
ROD. Il ne semblait pas ainsi.
IAG. C'est vrai, et ton soupçon n'était pas sans raison ; cependant, s'il y a en toi ce que je dois supposer maintenant plus que jamais, c'est-à-dire Rodrigo, esprit adroit, la main prompte, le cœur ferme, montre-le cette nuit, et puis, écoute-moi : si demain Desdémona n'est pas à toi, alors appelle-moi perfide et applique-toi à m'arracher le cœur.
ROD. Quoi ! Y aurait-il encore de l'espoir ?
IAG. Sache, seigneur, qu'il est arrivé de Venise un ordre exprès qui revêt Cassio du pouvoir d'Othello.
ROD. Comment ! serait-il vrai ? Desdémona et Othello retourneront ainsi à Venise.
IAG. Non pas. Il va en Mauritanie et emmène avec lui la charmante Desdémona, s'il ne survient quelque chose qui prolonge son séjour ici, et il n'y aura rien de mieux pour cela que d'écarter Cassio.
ROD. Et qu'entendez-vous par l'écarter ?

IAG. Ma sì ; per modo che non sia capace
Dell' uflicio d'Otello, a lui facendo
La cervella balzare.

ROD.   Io dovrei farlo ?
IAG. Si dove osiate rendere a voi stesso
E servigio e ragione. In questa notte,
Quando ei torna da cena, ritrovarmi
Debbo con lui. Non sa quale a lui mandi
Onor fortuna : se a spiar vi state
Quand' egli esca (e farò vi caschi sopra
Fra mezzanotte e un'ora) aver potrete
Con lui buon gioco. Io vi sarò vicino
Per darvi mano al caso, e fra noi due
Cadrà. N'andiamo ; a che così intronato ?
Venite meco, e vo' provarvi come
Sia tal necessità la morte sua
Che dover vi parrà di qui spacciarlo.
Ma l'ora della cena à già battuta,
E la notte s'innoltra ; all'opra andiamo.

ROD. Ma della cosa aver ragion più chiara
Vorrei prima.

IAGO.   Son presto a farvi pago.   Partono.

SCENA XIII

OTELLO, LODOVICO, DESDEMONA, EMILIA
ed il SÉGUITO, dal lato opposto per cui uscirono Iago e Rodrigo.

LOD. Vo ne prego, signor, deh non vi date
Maggior disagio.
OTE.   Quest' aer più aperto
Mi giova assai.
LOD.   Madonna, buona notte ;
Vi son grato di vostra cortesia.
DES. Degno signore, grande onor ci fate.

OTE. Desdemona ! (Sotto voce a Desdemona.)
DES.   Signor !
              Senza dimora
Coricatevi ; io ritorno in brevi istanti ;
E rimandate la seguace vostra :
Che ciò sia fatto.
DES.   Lo farò, signore.
     Partono Otello, Lodovico ed il seguito.

SCENA XIV

Camera di Desdemona nel castello.

DESDEMONA, EMILIA.

EMI. Con voi men duro, e più di pria cortese
Egli mi par.

DES.   Disse ch'ei qui ne torna
Senza dimora ; e comandò, l' udisti,
Di rinviarti e d' aspettarlo.
EMI.   Come ?
Rinviarmi ?

IAG. Oui, de manière qu'il ne puisse occuper
la place d'Othello, en lui faisant sauter la cervelle.

ROD. Et c'est moi qui devrais le faire ?
IAG. Oui, si tu veux te servir et te faire raison.
Cette nuit, lorsqu'il reviendra du souper je dois
me retrouver avec lui. Il ignore l'honneur que la
fortune lui envoie; si vous voulez le guetter au
sortir, et je ferai en sorte qu'il vous arrive entre
minuit et une heure, vous pourrez avoir beau jeu
avec lui. Je serai près de vous pour vous seconder, et il tombera entre nous deux. Allons, pourquoi si étonné? Venez avec moi, je veux vous
prouver que sa mort est si nécessaire qu'il vous
semblera un devoir de le tuer. Mais l'heure du
souper a déjà sonné, la nuit s'avance, allons à
l'exécution.

ROD. Je voudrais avoir auparavant des éclaircissements sur cette affaire.
IAG. Je suis prêt à vous satisfaire.

                 Ils sortent.

SCÈNE XIII

OTHELLO, LUDOVIC, DESDÉMONA, ÉMILIA
et SUITE, du côté opposé à celui d'où sont sortis Iago
et Rodrigo.

LUD. Seigneur, je vous en prie, ne vous donnez
plus de peine.
OTH. Le grand air me fait beaucoup de bien.

LUD. Bonne nuit, madame; je vous suis reconnaissant de votre courtoisie.
DES. Digne seigneur, vous nous faites un grand
honneur.
OTH, tout bas à Desdémona. Desdémona.
DES. Seigneur.
OTH. Couchez-vous sans délai, je rentrerai
bientôt; renvoyez votre suivante, que cela soit
fait.
DES. Je le ferai, seigneur.   Ils sortent.

SCÈNE XIV

Chambre de Desdémona au château.

DESDÉMONA et EMILIA.

ÉMI. Il me paraît moins dur et plus aimable avec
vous qu'auparavant.

DES. Il a dit qu'il reviendrait bientôt, et il a
ordonné, tu l'as bien entendu, de te renvoyer
et de l'attendre.

ÉMI. Comment, me renvoyer?

DES. Egli il vuole. O buona Emilia,
Recami dunque la mia veste; e parti.
Addio. Spiacergli non dobbiamo adesso.

EMI. Visto oh! mai non l'aveste.

DES. Io no'l vorrei,
No! così grande è l'amor mio, che il tetro
Suo costume, il suo sdegno, ed il cipiglio —
Sciogimi, te ne prego. — Han grazia e vezzo
Agli occhi miei.

EMI. Que' drappi che chiedeste
Posi sul vostro letto.

DES. Oh! non importa...
Buon padre mio! — Deh come mai son folli
Le menti nostre... Emilia, s' io mai deggio
Prima di te morir, coprimi d'uno
Di quel drappi, te'n prego.

EMI. Oh, che mai dite?

DES. Mia madre ebbe un' ancella; era il suo nome
Barbara, me' l ricordo; e innamorata
Ell' era; ma il garzon che dessa amava
Mutossi, la scordò. La giovinetta
Una canzon del *Salice* cantava
Semplice, antica, che la sua sciagura
Parea dire; e cantandola moria.
Stanotte dal pensier mai non mi parte
Quel canto, e vorrei quasi il capo anch' io
Reclinare, e ripeter la canzone
Dell' infelice Barbara... Oh t'affretta.

EMI. Deve recar la mantellina?

DES. Sciogli
Questi nodi piuttosto. Un uom cortese
Mi par quel Lodovico.

EMI. E assai leggiadro.

DES. Così gentile ei parla.

EMI. Io so tal dama
Di Venezia, che scalza in Palestina
N'andrebbe per uno baccio d'amore.

DES. (canta.) I
La giovinetta piangea, piangea,
Al piè d'un salice nel suo dolore
Cantate il salice — del mesto amore.
Teneasi al core la man vicina
E su' ginocchi la testa inchina.
Un fresco rio scorrea le accanto
Che mormorava. — Col suo compianto,
Cantate il salice — del mesto amor.
Amore il pianto dal ciglio uscia,
Che fin le rupi commosso avria.
Riponi questi veli.
Cantate il salice — del mesto amore
Deh t'affretta.
Te ne scongiuro; ei tornerà ben tosto...
E la corona — dal mio dolore.

II.

Amo i suoi sdegni, nessun l'accusi...
Così non segue... Odi, chi batte?

EMI. È il vento

DES. Nomai mendace l'amante mio;

DES. Il le veut. Ma bonne Émilia, apporte-moi ma robe et retire-toi. Adieu, nous ne devons pas lui déplaire maintenant.

ÉMI. Il valait bien mieux que vous ne l'eussiez jamais vu.

DES. Je ne voudrais pas cela, non. Mon amour est si immense, que son triste costume, sa colère, le froncement de ses sourcils, ont un charme infini à mes yeux. Désabille-moi.

ÉMI. J'ai placé sur le lit les draps que vous avez demandés.

DES. N'importe. O mon bon père! Combien nos esprits sont fous!... Émilia, si jamais je dois mourir avant toi, enveloppe-moi dans un de ces draps.

ÉMI. Que dites-vous?

DES. Ma mère eut une servante, elle s'appelait Barbara, je me le rappelle, et elle était amoureuse; mais le jeune homme changea et l'oublia. La jeune fille alors chantait une chanson, du SAULE, chanson simple, ancienne, qui semblait raconter son malheur, et elle mourait en la chantant. Cette nuit, ce chant est toujours présent à mon esprit, et je voudrais presque, moi aussi, reposer ma tête et répéter la chanson de la malheureuse Barbara... Oh! hâte-toi.

ÉMI. Où dois-je apporter le mantelet?

DES. Défais plutôt ces nœuds. Ce Ludovic me paraît un homme très-courtois.

ÉMI. Il est charmant.

DES. Il cause avec tant de grâce!

ÉMI. Je connais une dame de Venise qui irait nu-pieds en Palestine pour avoir de lui un baiser d'amour.

DES. chante. La jeune fille pleurait dans sa douleur, pleurait au pied d'un saule... Chantez le saule du triste amour.

Elle tenait la main sur son cœur et la tête penchée sur ses genoux... Un ruisseau limpide coulait auprès d'elle et murmurait à sa plainte: Chantez le saule du triste amour... Des pleurs amers coulaient de ses yeux, et ils auraient touché jusqu'aux rochers... Chantez le saule du triste amour. C'est la couronne de ma douleur...

Dépose ces voiles... hâte-toi, je t'en conjure, il va rentrer bientôt... J'aime sa colère... que personne ne l'accuse...

Elle ne continue pas ainsi... Écoute, on frappe.

ÉMI. C'est le vent.

DES. Mon amant, sans jamais mentir, qu'est-ce qu'il m'a répondu lorsqu'il m'a entendu?... Il le

Et che riposa, quando m' udío? —
Se a molte io dono facile il core,
Tu molti allieta del tuo favore. —
  Cantate il salice, — del mesto amore
Va buona notte ; acuto ardore sento
Neglio occhi, forse è presagio di pianto ?

EMI. No, no : Madonna.
DES.   Intesi dir che sia,
Uomini, oh quali siete voi! Ma dimmi;
Nel tuo cor, credi, Emilia, che talvolta
Vi fur donne che osaro a'loro sposi
Fallir così ?
EMI. (sorridendo.) Ma, in ver, Madonna...
DES.   E farlo
Anche, per tutto il mondo, tu potresti ?
EMI. Il mondo è una gran cosa, a piciol fallo
È gran merce.

DES.   No, menti, no 'l faresti.
EMI. Si, cred' io, potrei farlo ; e, dopo fatto,
Disfarlo. E che ? solo nel mondo e colpa,
La colpa ; e prezzo avendo il mondo intero,
In quel mondo, ch' è mio, potrei foggiarne.
Una virtù.

DES.   No 'l credo, in sulla terra
Non vivon si ree donne.

EMI.   Alcuna forse
V' ha che cammina per onesta traccia, ·
Pur, se vince o resiste...
DES.   Ah! taci e vanne.
Tu il tremante mio cor sostieni, o cielo,
Tu che tal prova mi mandasti, ond' io
Di virtude il periglio apprenda e tema.
        Partono.

donne facilement mon cœur à plusieurs femmes,
toi, de ton côté, m'a-t-il dit, rends heureux plusieurs
de tes faveurs... Chantez le saule du triste amour...
(A Émilia). Retire-toi, bonne nuit... Je sens que
mes yeux brûlent, c'est peut-être un présage de
pleurs ?
ÉMI. Non! non! madame!
DES. J'ai entendu dire qu'il y a des hommes faits
ainsi... Mais, dis-moi, crois-tu dans ton cœur, Émilia, qu'il y eut quelquefois des femmes, qui aient
osé manquer ainsi à leurs époux ?

ÉMI. souriant. Mais, en vérité; madame...
DES. Et pourrais-tu le faire, même si l'on te
donnait le monde entier ?...
ÉMI. Le monde est une grande chose, et ce
serait une grande récompense pour une faute
légère.
DES. Non! tu mens!... tu ne le ferais pas!...
ÉMI. Je crois que oui, que je pourrais le faire, et
le défaire après... Eh quoi! la faute est seulement
faute dans le monde; or, si le monde entier en
était le prix, dans ce monde, qui serait le mien, je
pourrais en faire une vertu...
DES. Je ne le crois pas! Il n'y a pas sur la terre
de femmes si coupables...
ÉMI. Il y en a quelques-unes qui marchent sur
le chemin de l'honnêteté... Cependant si elles
triomphent et résistent...
DES. Ah! tais-toi et sors... Ciel!.. vous qui m'avez
envoyé cette épreuve pour me faire connaître et
redouter les dangers de la vertu, soutenez mon
cœur chancelant!
        Elles sortent.

ACTE CINQUIÈME

SCENA PRIMA

Una via di Cipro (Notte.)

IAGO e RODRIGO poi OTELLO e CASSIO.

IAG. Qui, dietro a quel pilastro. Ei verrà in breve.
Snuda la buona tua lama, e nel seno
Gliela figgi. Su via, non aver tema,
Io ti fo 'spalle. Cassio torna : un colpo
O ci salva o ci perde. A ciò ben pensa,
E saldo tieni al tuo proposto.

SCÈNE PREMIÈRE

Une rue dans Chypre.

IAGO, RODRIGO, ensuite OTHELLO et CASSIO.

IAG. Ici, derrière ce pilastre. Il viendra bientôt.
Tire ta bonne lame et plonge-la dans son sein.
Allons, ne crains pas, je suis à tes côtés. Cassio
revient, un coup nous sauve ou nous perd : songes-
y bien, et sois ferme dans ta résolution.

ROD.   Al fianco
Stammi; fallir può il colpo.
IAG.   Qui, ad un passo:
Su ardito: e in guardia sta. (Si ritira a breve distanza.

ROD.   Per tale impresa
Non ho gusto soverchio: eppur di molte
Buone ragioni ei diemmi: alla fin fine
È un uom spacciato. Esci, mia spada; ei muora.
                              Si pone in agguato.

IAG. Un lieve sfregio vellica: sì forte,
Che si fe' piaga alfine. Uccida ei Cassio,
O Cassio lui, o qui freddati entrambi
Restino, io n' ho buon frutto. Ove Rodrigo
Scampi, vorrà ch' oro e gioielli io renda,
E quanto gli carpii per farne dono.
A Desdemona. E questo, affè, non voglio.
Se Cassio vivo, di sua vita il pregio
È tal che fa me stesso agli altri esoso;
E potrebbe anco l'un dell' altro a fronte,
Metterci il Moro, con mio gran periglio...
                              Entra Cassio.
ROD. Il suo passo quest' è... Ribaldo, muori
                    Si avventura Cassio e lo ferisce.
CAS. M'era il colpo fatal, dove pur saldo,
Che non pensasti il mio giaco non fosse.
Io vo' del tuo far prova.
                    Si battono, et Cassio ferisce Rodrigo.

ROD.   Ohimè! son morto.
Iago esce fuori dal suo nascondiglio; ferisce Cassio in una
                    gamba, e fugge.
CAS. Ajuto! all' assassin!   (Cade.)
              Entra Otello in distanza.

OTE.   Voce è di Cassio :
Mi serba Iago la promessa. È lui.
Buono e valente Iago, dell' amico
Tu sentivi l'ingiuria, e in nobil guisa
L'hai vendicata. Oh tu mi sei maestro!
Vedi, il tuo vago, o donna, è là che muore.
Et l'ora tua si avanza; o infame, io vengo;
Dal core, ogni tuo vezzo, ogni tuo sguardo
Cancello; or dei quel letto che macchiasti,
O adultera, lavar col sangue tuo.   Parte.

SCENA II

LODOVICO e MONTANO con seguito; IAGO, CASSIO.

LOD. Odo un suon di lamenti; una sciagura,
Per certo avvenne; ma buja è la notte,
Incauto l'avanzar. Con una face
Chi vien di là?

IAG.   Chi grida all 'assassino?
Che avvenne?

CAS.   Per pietà, mi soccorrete.
IAG. Che fu?
LOD. (A Graziano.) L'alfier d'Otello è questi.

ROD. Tiens-toi près de moi. Le coup peut manquer.

IAG. A un pas d'ici. Courage et tiens-toi sur tes
gardes.   Il se retire à une petite distance.

ROD. Je n'ai pas trop de goût pour cette entreprise; cependant il m'a donné d'assez bonnes raisons. Après tout, c'est un homme perdu. Sors du fourreau, mon épée, et qu'il meure !
                              Il se tient à l'écart.

IAG. J'ai tellement frotté une petite égratignure qu'enfin elle est devenue une plaie. Qu'il tue Cassio, que Cassio le tue, ou qu'ils se tuent tous deux, j'y trouve mon profit. Si Rodrigo se sauve, il me réclamera l'or, les bijoux, et tout ce que je lui ai dérobé sous le nom de Desdémona. Et je ne veux pas cela. Si Cassio survit, la loyauté de sa vie est telle, qu'elle me rend odieux aux autres : et le More pourrait même vouloir nous mettre en contradiction, et il y aurait là un grand danger pour moi.   Cassio entre.

ROD. C'est bien sa démarche... Scélérat, meurs.
                    Il s'élance sur Cassio, et le blesse.

CAS. Ce coup m'eût été fatal si mon armure n'était pas plus solide que tu ne pense. Je veux éprouver la tienne.
              Ils se battent. Cassio blesse Rodrigo, qui tombe.

ROD. Ah! je suis mort.
Iago s'avance de sa retraite, blesse Cassio à une jambe
              et se sauve.

CAS. tombant. Au secours! à l'assassin !
                    Entre Othello à l'écart.

OTH. C'est la voix de Cassio : Iago me tient sa promesse. Bon et vaillant Iago, tu sentais l'injure de ton ami, et tu l'as noblement vengée. O tu es mon maître. Voici, femme, ton amant est là qui meurt. Et son heure à elle aussi approche. J'arrive, infâme : j'efface de mon cœur tes charmes et tes regards; maintenant tu dois laver de ton sang ce lit, que toi, adultère, tu as souillé.
                              Il sort.

SCÈNE II

LUDOVIC et MONTANO avec suite, IAGO,
                CASSIO.

LUD. J'entends des gémissements; pour sûr il
est arrivé quelque malheur; mais la nuit est sombre, et il est imprudent d'avancer. Mais quelqu'un arrive avec un flambeau.

IAG. Qui est-ce qui crie à l'assassin? Qu'est-il arrivé?

CAS. Oh! par pitié, secourez-moi!
IAG. Qu'y a-t-il?
LUD., à Graziano. C'est l'enseigne d'Othello.

MONT.   È lui,
Un valente soldato.
CAS.   Assassinato.
Iago, io fui... ma l'un de' traditori
È qui morto.
IAG.   Accorrete! al tradimento!
Ove son essi... e voi, che la vi state
Chi siete? Amici, ovvero nemici?

LOD.   Innanzi
Di giudicar, provateci.
IAG.   Chi vedo?
Voi, nobile signore? Oh! mi perdoni
La vostra cortesia, messer Lodovico;
E siami scusa quest 'orrendo fatto.
Ohimè! Cassio gia muore... Alcuna aita
Porgetemi, per ch'io lo tragga almeno
Al coperto, in mia casa.   *Transportano il ferito.*
                 Or si mi giova.
Compir l' opra e vegliar. Già il nembo rugge
Che porta la mia nave e il mio destino.
                        Partono.

SCENA III

Una stanza da letto.

DESDEMONA, sul letto, addormentata; un lume è acceso
Entra OTELLO.

OTE. Alma mia, la cagione è questa, è questa!
Ch' io non la dica a voi, pudiche stelle.
È questa la cagion. — Versarme il sangue,
Aprir quel seno più che neve bianco,
Più gentil che alabastro d'una tomba.
Non vo! — Pur, dee morir! Viva, tradire
Altri potria. Ch' io spenga questa face.
E poi la vita sua. Pur, s'io te spengo,
O di luce ministro, la tua fiamma,
Dove me'n penta, se destar; ma stinta
La luce di tua vita, o di sublime
Natura incomparabile modello,
Dov'è mai di Prometeo la scintilla
Che te raccenda? S'io ti svelgo; o rosa,
Non so ridarti il vital nutrimento:
E appassisci per sempre! Oh ch' io respiri
Il tuo profumo su lo stelo, o rosa!   *Bacciandola.*
Balsamico respiro, onde giustizia
Infrange quasi la sua spada! Un baccio,
Un altro! Ah! quale or sei, sii dopo morta
T' ucciderò, ma poi t'amerò morta;
Un baccio ancor..., l'ultimo sia. No baccio
Si dolce, mai fu si fatal! M'è forza
Piangere e piango lagrime crudeli;
Come quello del Cielo è' il dolor mio:
Ciò ch'egli ama percote. — *Ella si desta.*

DES. Oh! chi e' mai? Otello!
OTE.   Si, Desdemona.
DES. (Si alza.) Al riposo venite; signor mio?

MONT. C'est lui : un brave soldat.

CAS. Iago, j'ai été assassiné... Mais l'un des traîtres gît ici mort.

IAG. Accourez! Au meurtre! Où sont-ils? Et vous qui restez là, qui êtes-vous? Amis, ou ennemis?

LUD. Avant de nous juger, mettez-nous à l'épreuve.

IAG. Que vois-je! vous, noble seigneur? O seigneur Ludovic, que votre courtoisie me pardonne, et que cette horrible aventure me fasse excuser... Hélas, Cassio se meurt déjà... Aidez-moi à le transporter, du moins, dans un lieu abrité, chez moi. (On emporte le blessé.) Il me faut maintenant achever mon ouvrage. L'orage qui emporte ma nacelle et ma destinée rugit déjà.

                 Ils sortent.

SCÈNE III

La chambre de Desdémona au château.

DESDÉMONA endormie sur son lit, OTHELLO entre, tenant une lumière.

OTH. Celle-ci est la cause, ô mon âme!... celle-ci... Que je ne la répète pas devant vous, chastes étoiles. Je ne veux pas verser son sang, je ne veux point déchirer ce sein plus blanc que la neige, doux et lisse comme l'albâtre des tombeaux. Cependant, elle doit mourir. Vivante, elle pourrait en trahir encore d'autres. Éteignons d'abord cette lumière, ensuite sa vie. Pourtant si je t'éteins, toi, ministre de lumière, je puis ressusciter ta flamme si je venais à me repentir. Mais la lumière de ta vie une fois éteinte, toi, le plus merveilleux ouvrage d'une nature incomparable, où est l'étincelle de Prométhée qui puisse te ranimer. Si je l'arrache, ô rose! je ne pourrai te rendre l'aliment qui te faisait vivre, et tu te fanes pour toujours. Que je respire encore tes parfums sur ta tige, ô rose! (Il l'embrasse.) O haleine embaumée, qui ferait briser l'épée de la justice. Un baiser... encore un... Ah! que tu sois après ta mort comme tu es à présent. Je te tuerai; mais ensuite, morte, je t'aimerai. Encore un baiser... que ce soit le dernier. Jamais un si doux baiser ne fut aussi fatal. Je suis forcé de pleurer, et je verse des larmes amères. Ma douleur est comme la douleur du ciel, qui frappe ce qu'il aime.   *Elle s'éveille.*

DES. Qui est là!... Othello.
OTH. Oui, Desdémona.
DES. Vous venez vous reposer, mon seigneur?

OTE. Desdemona, diceste in questa sera
La vostra prece?
DES.   Si.
OTE.   Se alcun diletto
Pur vi ricordi, che dal ciel, non ebbe
Perdono, or l'invocate!
DES.   Ohimè! signore.
Che dir volete?
OTE.   Il fate, e tosto, — In tanto
Io qui passeggio... Non voglio il tuo spirto
Uccidere non pronto; il Ciel me'n guardi!

DES. Voi d'uccider parlate!
OTE.   Si.
DES.   Che Dio.
Abbia di me pietade!
OTE.   Così sia,
Di tutto cor.
DES.   Voi non vorrete dunque
A me dar morte.
OTE.   Via!
DES.   Pure io pavento.
Fatal voi siete, allor che gli occhi vostri
Ruotan così; non so bene ond'io tremi,
Che m'è la colpa ignota, ma pur sento
Ch'io tremo,
OTE.   Pensa a' tuoi peccati.
DES.   Ei sono
Nell' amor ch'io vi porto.
OTE.   Si! per esso
Tu muori.
DES.   Ahi! morte snaturata è quella
Che per amor si dà. Deh! perché mai
Così il labbro di sotto vi mordete
Le vostre membra passion feroce
Agita; o reo presagio! Eppure, io spero.
Si, spero che per me non sia...

OTE.   T'acqueta.
E m'odi.
DES.   Eccomi! oh! dite.
            Siede sulla sponda del letto.
OTE.   Il fazzoletto
Che si caro mi fu, che a te donai,
Tu il desti a Cassio.
DES.   No! per la mia vita,
Per l'alma mia! Di lui cercate, a lui
Chiedete,...
OTE.   Bada allo spergiuro, bada:
Ora qui sei sul tuo letto di morte...

DES. Ma non già per morir?
OTE.   Si, sull' istante:
Schietta dunque confessa il tuo peccato,
Poichè il negar qualunque atto più lieve
Anche con sacramento, omai non giova
A smuovere, scrollar quella certezza
Che fremere mi fa. Tu dei morire.

DES. Mio Dio, pietà di me! Pietà voi pure!
Mai non v'offesi, né ho Cassio amato.

OTH. Desdémona, avez-vous fait vos prières, ce soir?
DES. Oui.
OTH. Si vous vous rappelez de quelque faute dont vous n'ayez pas obtenu le pardon du ciel, implorez-le sur-le-champ.
DES. Ah! mon Dieu! que voulez-vous dire, seigneur.
OTH. Faites-le, et immédiatement. En attendant je me promène ici. Je ne veux point tuer votre âme sans qu'elle soit prête; que le ciel m'en préserve.
DES. Vous parlez de tuer?
OTH. Oui.
DES. Que le ciel ait pitié de moi.
OTH. Ainsi soit-il, du fond de mon cœur.
DES. Vous ne voudrez donc pas me tuer.
OTH. Allons.
DES. Cependant, je crains. Vous êtes fatal alors que vos yeux roulent ainsi. Je ne sais pas pourquoi je crains, car je ne me connais pas de crime; pourtant je sens que je tremble.
OTH. Songe à tes péchés.
DES. Ils sont dans l'amour que j'ai pour vous.
OTH. Oui; et tu va mourir pour lui.
DES. Ah! c'est une mort contre nature, celle qu'on donne par amour. Hélas! pourquoi mordez-vous ainsi votre lèvre inférieure? Une passion farouche agite vos membres, et c'est un présage du ciel. Cependant, j'espère, oui, j'espère, que ce ne soit pas pour moi.
OTH. Paix! et écoutez-moi!...
DES. Me voici; parlez.
            Elle s'assoit sur le bord du lit.
OTH. Ce mouchoir, qui m'était si cher et que je te donnai, tu l'as donné à Cassio.
DES. Non, sur ma vie! sur mon âme! Faites-le venir, interrogez-le.
OTH. Prends garde au parjure; prends garde, tu es sur ton lit de mort.
DES. Mais non pas pour mourir?
OTH. Oui, à l'instant. Avoue donc implicitement ton péché; car il est inutile de nier, même avec serment, tout acte le plus léger. Tu ne pourras jamais détruire ou ébranler cette certitude qui me fait frémir. Tu dois mourir.
DES. Mon Dieu! pitié de moi! Vous aussi, pitié! Je ne vous ai jamais offensé, et je n'ai aimé Cas-

Altro che dell' affetto, onde far parte
Il cielo non derieta ; nè alcun dono
Gli feci mai.

OTE.   Per Dio ! lo vidi io stesso
Nulla sua mano il farzoletto mio.
Spergiura donna, tu m' impietri il core :
E nome d'assassinio a dar mi sforzi
A ciò che compir volli e ch' io credea
Un sagrificio. — Il fazzoletto io vidi.

DES. Dunque, ei trovollo. Mai da me non l'ebbe :
Per lui mandate, e ch' ei confessi il vero

OTE. Il confessò
DES.   Che mai?
OTE.   Che sua tu fosti.
DES. Ridirlo non potrà.
OTE.   No, la sua bocca
Chiusa è per sempre, Iago a ciò provide.

DES. Or sì, à me tutto è noto. Ei morì dunque?

OTE. Oh ! se altrettante vite i suoi capegli
Fossero stati il furor dell' immensa
Vendetta mia, bastava a tutto.

DES.   Ahi lassa !
Ei tradito, io perduta!...
OTE.   Ed ora il piangi,
In faccia a me?
DES.   Scacciatemi da voi,
Non m'uccidete.
OTE.   Giù ! vil prostituta
DES. Oh ! questa notte almen per l' alma mia !...
M'uccidete domani.
OTE.   No ! se pensi
Resister...
DES   Sola un'ora.
OTE   Non v'è indugio.
DES. Ch' io dica una preghiera!
OTE.   È troppo tardi.
      La soffoca nel letto.

SCENA IV

OTELLO; EMILIA di dentro.

EMI. Signor mio !
OTE.   Qual romore? Non e'morta
Del tutto ! Io, sì crudel, pietà pur sento,
E la tua pena prolungar non voglio...
Così, così ! (Premendo di nuovo il guanciale sopra di Lei.)
EMI. (di dentro.) Signore, olà, m' udite.
OTE Chi è? D'Emilia è questa voce... Or vengo.
Ell' è morta; e costei viene a narrarmi
Di Cassio il fin. Poco il romor non era...
Più non si move?.. Qual sepolcro muta. —
Aprir le devo? È' ben?... — Parmi che ancora
S'agiti... No. — Che far? Vorrà, se viene,
A mia moglie parlar... la moglie mia?

sio que de cette amitié que le ciel ne défend pas de partager, ni je ne lui ai jamais fait aucun cadeau.

OTH. Par le ciel ! j'ai vu moi-même mon mouchoir dans ses mains. Femme parjure, tu endurcis mon cœur, et me forces à donner le nom d'assassinat à ce que je voulais accomplir, et que je regardais comme un sacrifice. Le mouchoir, je l'ai vu.

DES. Donc, il l'a trouvé. Il ne l'a jamais reçu de moi ! Faites-le venir, et qu'il avoue la vérité.

OTH. Il l'a déjà avouée.
DES. Et quoi?
OTH. Que tu as été à lui !
DES. Il ne pourra pas le répéter.
OTH. Non, sa bouche est fermée pour toujours. Iago y a pourvu.
DES. Maintenant je comprends tout. Il est donc mort?
OTH. Oh ! s'il avait eu autant de vies que de cheveux, la fureur de ma vengeance aurait suffi à toutes.
DES. Hélas ! lui il est trahi ! et moi je suis perdue.
OTH. Et tu le pleures en ma présence?
DES. Oh ! chassez-moi, mais ne me tuez pas.

OHT. Tombe ! vile prostituée !
DES. Laissez-moi, du moins, cette nuit pour mon âme, et tuez-moi demain.
OTH. Non ! si tu penses résister...

DES. Une heure seulement !
OTH. Plus de délai !
DES. Que je récite une prière !...
OTH. C'est trop tard.
      Il l'étouffe dans le lit.

SCÈNE IV

OTHELLO, EMILIA en dedans.

ÉMI., frappant. Seigneur !
OTH. Quel bruit ? Elle n'est pas morte encore ! Moi si cruel, je sens cependant la pitié. Je ne veux pas prolonger son supplice... Ainsi... Ainsi... (Il presse l'oreiller sur elle.)
ÉMI. en dedans. Holà? Seigneur, écoutez-moi.
OTH. Qui est là? C'est la voix d'Émilia. Qu'elle vienne... Elle est morte, et celle-ci vient m'apprendre la mort de Cassio. Le bruit a été grand. Elle ne bouge plus, immobile comme la tombe. — Dois-je lui ouvrir ? Est-ce bien ! — Je crois qu'elle s'agite encore... Non. Que faire ? si elle

La moglie mia? E qual mai? Più non ho moglie...
Pensier funesto! Ora tremenda! Parmi
Che un vasto ecclisse di sole et di luna
S'avveri, et per terror s'apra la terra.

EMI. (di dentro.) Che vi parli, signor.
OTE.   Già mi scordava:
Entra, Emilia; — ma piano. — Or, or — bisogna
Ch'io tiri le cortine. — Dove sei?
Perché vieni?   *Apre la porta.*

EMI.   Un delitto fu commesso.
Rodrigo, un giovin veneto, da Cassio
Pur or fu spento.
OTE.   Oh, come?...
DES. (dal letto.)   Ohimè!
EMI.   Qual grido?
DES. Oh! ingiustamente uccisa!
EMI.   È ben la voce.
Di Desdemona... O mia dolce signora!
                    Accorrendo.
Deh! parlate!
DES   Innocente io moro!...
EMI   O cielo!
Chi fatto ha ciò?
DES   Nessuno... io stessa... Addio!
                    Muore.

OTE. Come fu uccisa?
EMI   Oh! chi può mai saperlo?
OTE. Dir ch'io non fui, l'udiste.

EMI.   È vero.
OTE.   Or bene,
Qual mentitrice gettossi all'inferno.
L'uccisi io stesso.
EMI.   Sua virtu divina
La crudeltà e il delitto addoppia in voi

OTE. Adultera ella fu.
EMI   Mentì!
OTE.   Qual' onda
Era perfida.
EMI.   A quella de' celesti
Fu pari la sua fede.
OTE.   Era perduta...
Tutto sa il tuo consorte.
EMI.   Il mio consorte?...
OTE. Sì, lui.
EMI.   Disse, egli ch'era infida? Ei stesso?
OTE. Sì pel primo me'l disse. Onesto core
Ei de malvagi fatti abborre il vile.
Iago.
EMI. Ei lo disse? Mio marito?
OTE.   Donna,
A che giova ripeterlo! Egli stesso.

EMI. Ah! l'amore di Desdemona fu gioco
Di sua nequizia.
OTE.   Qual dabbene Iago,
L'amico del mio cor, tutti m'aperse
Di costei la perfidia.

---

entre elle voudra parler à ma femme... Ma femme?..
Ma femme?... Et laquelle?... Je n'ai plus de femme!
Heure terrible! Il me semble qu'une éclipse obs-
curcit le soleil et la lune, et que la terre effrayée
s'entr'ouvre!

ÉMI. Que je puisse vous parler, seigneur.
OTH. Je l'avais déjà oubliée. — Entre, Émilia :
mais avant il faut que je ferme les rideaux. —
Où es-tu? Qu'est-ce qui vous amène?
                    Il ouvre la porte.

ÉMI. On vient de commettre un crime. Ro-
drigo, un jeune homme vénitien, a été tué par
Cassio.
OTH. Comment?
DES., *de son lit.* Hélas!
ÉMI. Quel est ce cri?
DES. Oh! injustement assassinée.
ÉMI. C'est bien la voix de Desdémona. Ô ma
douce maîtresse! (*Accourant vers elle.*) Oh! par-
lez-moi.
DES. Je meurs innocente.
ÉMI. O ciel! qui a fait cela.

DES. Personne... moi-même... Adieu... recom-
mande-moi à mon époux... Adieu...   *Elle meurt.*
OTH. Comment! elle a été tuée?
ÉMI. Qui peut le savoir?
OTH. Tu lui as entendu dire que ce n'est pas
moi.
ÉMI. C'est vrai.
OTH. Eh bien, elle s'est précipitée dans l'enfer
comme une menteuse. C'est moi qui l'ai tuée.

ÉMI. Sa vertu divine redouble votre cruauté et
votre crime.
OTH. Elle a été adultère.
ÉMI. Tu mens!
OTH. Elle était perfide comme l'onde.

ÉMI. Elle était d'une candeur céleste.

OTH. Elle était perdue... Ton mari a tout su.

ÉMI. Mon mari?
OTH. Oui, lui.
ÉMI. Il a dit qu'elle était infidèle! Lui-même?
OTH. Oui, il me l'a dit le premier. Cœur loyal,
il abhorre les pervers.

ÉMI. Lui il l'a dit? Mon mari?
OTH. Femme à quoi bon le répéter? Lui-
même.
ÉMI. Ah! l'amour de Desdémona a été le jouet
de sa perversité.
OTH. Ce brave Iago, l'ami de mon cœur, m'a découvert toute sa perfidie.

EMI.   Ei mente, ei mente,
All' alma sua. Tu tenera colei
Del reo consorte altroppo.
OTE.   Oh !
EMI.   In me disfoga.
La sua furia peggior; ciò che facesti,
Del ciel te indegno renda, quanto indegno
Fosti di lei. Folle, infansato! Io stessa
Ti sfido e sprezzo, e il tuo ferro non curo.
Vo' ti conosca il mondo, anco se cento
Volte morir dovessi. Aïta, aïta!
Il Moro uccise la signora mia:
Aïta !

ÉMI. Il ment; il mentà son âme. Elle aima trop
son coupable époux.

OTH. Ah!...
ÉMI. Exhale ta fureur plus terrible sur moi. Ce
que tu viens de faire t'a rendu indigne du ciel,
autant que tu l'as été d'elle. Fou ! insensé ! Moi-
même je te défie et je te méprise, et je me ris
de ton épée. Je veux que le monde te connaisse,
dussé-je mourir cent fois... Au secours ! au secours ! Le More a tué ma maîtresse. Au secours !

SCENA V

MONTANO, LUDOVICO, IAGO, i Precedenti.

MONT. Che mai fu ?
EMI.   Voi stesso, Iago ?
Ben venite, che qui v' hanno omicidi
Che vi gravan sul collo i lor delitti.
Or se un' uom siete voi, quel sciagurato
Smentite : egli affermò che la sua donna
Come infida accusaste. Oh ! dite, è vero ?
No, se reo voi non siete.
IAG.   Altro non dissi
Fuor di quel ch' io pensava, e che a lui parve
Vero, evidente.
EMI.   E fu la vostra, il giuro.
Esecranda, infernal menzogna. Alfine
Parlar m'è forza. Là, nel letto suo
Desdemona si giace assassinata.
TUT. Lo tolga, Dei !
EMI.   Cagion della morte sua
Fur le riferte vostre. Or tutto è certo,
IAG. Qual folle accusa! date senno...
                    Mettendo la mano sulla spada.
EMI.   Il vero
Prorompe. Ch'io mi taccia? Ah no, giammai,
Libera parlerò! Se il cielo el mondo
E l' inferno il vietasse a tutti in faccia
Parlerò! Tu raccogli, o crudel Moro,
Di ciò che festi il frutto. Ei la tua mano,
O stupide omicida, ei sol condusse.
Egli sovente, con instar segreto,
A involarle mi spinse un fazzoletto
Ond'era si famoso, e ch'io...
OTE.   Finisci!...
IAG. Tacete, o donna.
OTE.   Parla!
EMI.   A voi ricorro...
Oh ! da lui mi salvate!
OTE.   Or bene?
EMI.   A Cassio
Essa no'l diede... Iago il volle.
OTE.   E fiamme
Non ha più il ciel ? la folgora a che giova?...
                    I signori si scostano da lui atterriti.
Io più core non ho. Puòt ormi adesso

SCÈNE V

MONTANO, LUDOVIC, IAGO, LES PRÉCÉDENTS.

MONT. Que s'est-il passé?
ÉMI. Vous-même, Iago ? vous arrivez à propos,
car ici il y a des meurtres qui pèsent sur vous.
Si vous êtes un homme, démentez ce misérable.
Il soutient que vous avez accusé sa femme d'in-
fidélité. Dites, est-ce vrai? Non! vous n'êtes pas
si coupable.
IAG. Je lui ai dit seulement ce que je pensais,
et qu'il a trouvé vrai et évident.

ÉMI. Vous avez dit, je le jure, un mensonge
odieux, infernal. Enfin, il faut que je parle : Desdémona est là, assassinée sur son lit.

TOUS. Que le ciel nous en préserve !
ÉMI. Ce que vous avez rapporté a été la cause
de sa mort; maintenant tout est découvert.
IAG. Quelle folle accusation! Soyez raisonna-
ble.   Il porte la main sur l'épée.
ÉMI. La vérité se fait jour. Que je me taise !
Non! jamais. Je parlerai librement. Si le ciel, le
monde, l'enfer, le défendaient je parlerais en présence de tous. Toi! More cruel, reçois la récompense de ce que tu viens de faire. Lui seul, ô
meurtrier stupide! il a poussé ta main. Souvent
avec des instances secrètes il m'a poussée à lui
dérober un mouchoir dont il avait une si grande
envie, et que moi...
OTH. Achève!...
IAG. Tais-toi, femme!
OTH. Parle!
ÉMI. J'ai recours à vous... Sauvez-moi de lui.

OTH. Eh bien?
ÉMI. Elle ne le donna pas à Cassio... Iago s'en
empara.

OTH. N'y a-t-il plus de foudre dans le ciel ! A
quoi sert donc le tonnerre?... (Les seigneurs s'éloi-
gnent de lui effrayés). Je n'ai plus de cœur! Un en-

Qualunque inetto garzoncel la spada.
Ma tutto ha fine.

LOD.   Che mai tenta?

OTE.   Mira

Una spada quest' è ch' altra simile
Mai non fu cinta d'un soldato al fianco.
Il tempo vidi, che con questo mio
Povero braccio e questa buona spada,
Tra inciampi venti volte anco maggiori
Di quel che mi fai tu, la via m'apersi.
Ma pure, ahi vano millantar, qui vince
Il proprio fato?... Or più non son lo stesso.
Non temer, no, s'ancor me vedi armato.
È questo il fin del mio viaggio, è questa
La mia metà, il prefisso alla mia nave
Ultimo segno. Perchè mai t' arresti?
Volgi al petto d'Otello un giunco, e il vedi
Indietreggiar. — Dove n'andrebbe Otello?...
Quale or ti veggo, ahi! misera, ahi! creata
Sotto un astro fatal! Pallida come
Il tuo beaziolo!... questa tua sembianza,
Quando c' incontreremo al gran giudicio,
Piombar farà l'anima mia del cielo
Nell' ugne dell' inferno. Fredda, fredda,
O giovinetta mia! Così somigli
Alla tua castità... Tu maledetto,
Tu maledetto schiavo! O voi, demonii,
Co' flagelli scacciatemi per sempre
Da sì beata vista! In sen de' nembi
Mi travolgete con sulfuree vampe;
Le arni e l'ossa ardetemi in eterno.
Nel suo fondo m' inghiotti il mar del foco!
Desdemona! Oh Desdemona! tu morta!
Morta! Oh!

Si getta ai piedi del letto di Desdemona.

EMI.   Tigre crudel, vai su quel letto
Or t' avvoltola, e ruggi... Ell'è tua preda.

Rimane piangente presso la spoglia di Desdemona.

LOD. Sul traditor vigilate...   *Additando Iago.*

OTE. (Rialzandosi.)   È un uom costui?
Il suo sguardo avvelena, arde il suo tocco...
La sua vita è una favola... Oh! se un demone
Tu sei, morte non temi.   *Ferisce Iago.*

IAG.   Io son ferito...
Ma non a morte.

OTE.   Nè m'incresce; è meglio.
D'ogni bene il più grande è morte... Ei viva.

LOD. (Additando Otello.) Il ferro gli strappate.

OTE.   Deh! un istante.
Per me quel mostro interrogar vi piaccia,
Come e perchè m'avvolse, anima e corpo,
Nelle sue panie.

IAG.   Ciò che voi sapete,
Il sapete. Più nulla a me si chieda...
Nulla dico.

LOD.   La bocca v' apriranno
Le torture. Di qui sia tratto.

Entra Cassio ferito, e sostenuto da guardie.

---

ant quelconque peut m'enlever l'épée. Mais tout finit.

LUD. Que veut-il faire?

OTH. Regarde, celle-ci est une épée dont jamais la pareille ne ceignit les flancs d'un soldat. Il fut un temps qu'avec mon pauvre bras et cette bonne épée je m'ouvrais le chemin à travers des obstacles vingt fois plus grands que ceux que tu m'opposes. Mais, vaine bravade! Qui peut surmonter sa destinée... Je ne suis plus le même. Ne t'effraye point si tu me vois encore armé, c'est le terme de mon voyage, c'est la fin de ma carrière, c'est la dernière limite assignée à mon navire. Pourquoi recules-tu? Dirige un jonc vers la poitrine d'Othello, et tu le verras reculer. — Où irais-tu, Othello?... Dans quel état te vois-je, malheureuse enfant, née sous un astre fatal? Pâle comme ton linceul funèbre! Froide! Froide! O ma jeune fille, tu ressembles ainsi à ta chasteté :..... Vois l'esclave misérable et abject qui te tua et pleure. Arrachez-moi à cette vue bienheureuse, esprits de l'enfer, lancez-moi dans le tourbillon des vents... O Desdémona, toi morte! Morte, oh!

Il se jette au pied du lit de Desdémona.

ÉMI. Tigre cruel, va roule-toi et rugis sur ce lit. Elle est ta proie.

Elle pleure près la dépouille de Desdémona.

LUD. Veillez sur ce traître   *Désignant Iago.*

OTH. Se relevant.) Est-ce un homme celui-ci? Son regard empoisonne, son contact brûle, sa vie est une fable... Si tu es un démon tu ne crains pas la mort.   *Il frappe Iago.*

IAG. Je suis blessé, mais pas mortellement.

OTH. Je n'en suis pas fâché; cela vaut mieux. La mort est le plus grand des biens... Qu'il vive!

LUD. (Désignant Otello.) Qu'on lui arrache l'épée.

OTH. Encore un instant; qu'il vous plaise d'interroger ce monstre. Comment et pourquoi m'a-t-il enveloppé âme et corps dans ses pièges?

IAG. Vous savez ce que vous savez; ne me demandez plus rien; car je garderai le silence.

LUD. Les tortures vous feront parler. Qu'on l'emmène d'ici!

Entre Cassio, blessé et soutenu par des gardes.

CAS. Ad Otello.   O mio,
Signor, qual vi riveggo?
  OTE.   Io son colui
Che Otello fu... La man mi date, il vostro
Perdono...
  LOD.   Annunzio del dolente caso
Io recherò al senato. — Oh! che diranno,
Signor, di te, sì grande e buono un giorno?
  OTE. Deh! vi fermate; una parola ancora,
Innanzi di partirvi. Alcun servigio
Io resi alla Repubblica : è ben noto.
Or, di questo non più. Solo vi prego,
Nelle lettere vostre, di far palesi
Codesti casi ahi! miserandi troppo.
Dite di me qual son, nulla scemando
Nulla sponendo con maligno intento.
Dite d'un uom che saggio amar non seppe,
Ma tropo amò; d'un uom non facil tanto
A gelosia; dubbioso, ancor che spinto
Fino all' estremo; d'un che di sua mano,
Come il vile giudeo, gettò la perla
Più preziosa di sua gente intera;
Di tale che spargea dagli occhi domi,
Benchè non usi a sciorsi pianto mai,
Lagrime tante, quanti Arabia tutta
Balsami stilla dalle piante sue.
Questo voi dite; e dite che en Aleppo
Avendo un dì veduto un Turco audace,
Un ribaldo in turbante, a un Veneziano
Menar percosse ed insultar lo stato
Presi alla gola quel can circonciso
E lo scannai... così!   (Si ferisce.)
  CAS.   Questo io temea.
  OTE. *trascinandosi verso il letto di Desdemona,*
Ti baciai, pria d'ucciderti... Or me uccida.
E bacciandoti, voglio... qui... morire.   *Muore.*

CAS. O mon seigneur! dans quel état je vous retrouve ! .

OTH. Je suis celui qui a été Othello. Donnez-moi la main et pardonnez-moi.

LUD. J'annoncerai au sénat cette aventure douloureuse. Que dira-t-on de toi, seigneur, jadis si bon et si grand?

OTH. Arrêtez, encore un mot avant que vous partiez. J'ai rendu quelques services à la république, on le sait; n'en parlons plus. Seulement je vous fais une prière; dans vos lettres, en manifestant ces faits déplorables, dites de moi ce que je suis, sans rien adoucir, sans rien aggraver par malignité. Parlez d'un homme qui ne sut pas aimer sagement, mais qui a trop aimé; d'un homme qui n'était pas facile à la jalousie, et douteux, quoique poussé jusqu'aux extrémités; d'un homme qui, comme le vil juif, jeta de sa main la perle la plus précieuse de sa nation; qui de ses yeux, peu accoutumés à fondre en larmes, en versa d'aussi abondantes que l'Arabie répand de baume dans ses plantes. Dites bien cela, et ajoutez encore qu'un jour, ayant vu dans Alep un Turc insolent, un scélérat en turban, frappant un Vénitien et insultant l'État, je saisis à la gorge ce chien circoncis et l'égorgeai ainsi.

               Il se frappe.

CAS. Voici ce que je redoutais.

OTH. *Se traînant vers le lit de Desdémona.* Je t'ai embrassée avant de te tuer... Maintenant je me tue, et je veux mourir ici en t'embrassant.

               Il meurt.

FIN

IMPRIMERIE L. TOINON ET Cⁱᵉ, A SAINT-GERMAIN.